【一幅清代文人生活的生動畫卷】

小說敘事手法＋真實回憶錄
沈復描繪與妻子陳芸平凡而又詩意的生活

研究清代文人生活不可多得的第一手資料
不只是一對夫妻的故事，更是一個時代的縮影

目錄

目錄

譯者序

《浮生六記》是清代文學家沈復的自傳體小說。說是小說，是因為其所載的經歷曲折、故事動人、文學性強。實際上，它就是一本文字優美的回憶錄。全書除了已譯出的〈閨房記樂〉、〈閒情記趣〉、〈坎坷記愁〉和〈浪遊記快〉之外，還有兩記已佚 ——〈中山記歷〉和〈養生記道〉。

沈復，字三白，號梅逸，蘇州人，文人世家子弟，生活於清代乾隆、嘉慶年間。工詩善畫，長於散文，傳世作品僅有《浮生六記》及題畫詩數首。

沈復一生未仕，甚至都沒有參加過科舉考試。他賣過畫，做過師爺，也經過商，而這都是因貧所迫，他真正想做的事業是什麼 —— 似乎沒有！然而，若要追問沈復「你的理想是什麼」，那總是很奇怪的，就好像詰問賈寶玉「你有什麼遠大的抱負」。沈復就是那種可以使此類問題，頓時黯然失效的男子。

〈閨房記樂〉中沈復和陳芸的愛情故事，當然是《浮生六記》的一大看點。但是他們的愛情，也不同於一切偉大的愛情，反而是一點也不偉大。這樣的愛情充滿煙火氣息，充滿趣味，也充滿艱辛，關鍵是，這段愛情它有著一個牢固的基礎，那就是兩人之間深厚的友誼。我們每一個人都有可能遇到這樣一份愛情，然而不可求。

〈閒情記趣〉是四記中最「怡情」的一記，同樣是寫插花疊石之趣，沈復寫來完全沒有了那種文人的精神優越感（或曰迂腐氣），讓人覺得好玩、有趣，有一種親切感。〈浪遊記快〉寫的是沈復遊幕期間遊歷山川名勝的經歷，是一篇令人賞心悅目的上乘遊記。

只是〈坎坷記愁〉篇，則一反全書明快、怡趣的基調，講述家庭變故，以及父逝妻亡子喪的慘痛經歷，有如晴朗的天空中，突然籠罩愁雲慘霧。此記雖然不甚符合「生活之美」這一主題，但為了保留原著的完整性和連貫性，還是悉數譯出。

由於本人才學淺薄，錯誤與疏漏必然難免，敬請讀者諸君不吝批評教正。

明－葉正均－戲水鴛鴦圖

譯者序

閨房記樂

我生於乾隆癸未年十一月二十二日，適逢太平盛世，家住蘇州滄浪亭畔，乃文人士族之家，身世可謂得天獨厚。

東坡說：「事如春夢了無痕。」我不想「了無痕」—— 那未免有負於皇天厚恩 —— 遂將生平之事寫在紙上；又因《詩經》以〈關雎〉為卷首，我也學它，開篇先寫夫妻之事，其他諸事且慢慢道來。慚愧的是，因為少年時沒好好讀書、學問不高，我只能保證所寫的都是真事實情，如果非要考訂修辭文法，則未免苛責於我。

我年幼時，與金沙於家的閨女訂下終身；她八歲夭折；便娶了陳氏。

陳氏名芸，字淑珍，是舅舅心餘先生之女，生而穎慧，牙牙學語時，聽大人念〈琵琶行〉，即能背誦。四歲喪父，從此與母親金氏、弟弟克昌相依為命，家裡一貧如洗。待芸成年後，因擅長刺繡，便早早開始賺錢持家，不僅一家三口的衣食有了著落，就連弟弟的學費也分文無欠。一天，芸在書箱裡翻到一本小時候背誦過的〈琵琶行〉，根據記憶逐字逐聲對號入座，這才開始識字。從此她利用刺繡的暇餘，又無師自通地學會了作詩，寫出了「秋侵人影瘦，霜染菊花肥」這樣的佳句。

我十三歲時，隨母親回外婆家小住，和芸無話不談，得以見其詩作。讀完之後，心裡便再也放她不下，既讚嘆她的才思雋秀，更多的是怕她日後過得不幸福，於是跑去央告母親：「母親若為孩兒擇妻，非淑姐不娶。」母親因喜歡芸的性情溫順，當下也無二話，脫下金戒指就定了這門親。我記得那天是乾隆乙未年七月十六日。

那年冬天，我又見到了芸，這次是因為她堂姐結婚，我隨母親去吃喜酒。芸與我同歲，且長我十個月，我們從小以姐弟相稱，所以即便定了親，我還是習慣叫她「淑姐」。淑姐穿得仍如往常一樣素淡，滿屋的主客都換上了盛裝，她卻只是換了一雙新鞋而已。我看那鞋子繡工精巧，問是誰給她繡的，回答說正是本人所繡，這才知道她敏慧的心智不僅展現在寫詩上面而已。

她生得肩膀下垂，脖子頎長，瘦不露骨，眉清目秀，顧盼之間神采飛揚，只是兩齒微露，似乎非吉人之相。有一種纏綿之態，令人神迷意奪。

向她要了詩稿來看，有的只有一聯，有的三四句，極少有完整的作品。這是何故？她笑道：「因為沒有老師點撥，都是自己瞎寫罷了，但願能遇上亦師亦友的知己，與我推敲成篇。」我在封面上戲題了四個字錦囊佳句，沒想到這竟成了她薄命的先兆。

這天晚上，送親到城外，回來時已是深夜。我肚子早餓了，一進門就找東西吃，婢嫗端來一盤蜜餞棗脯，我嫌太甜就沒吃。這時，芸偷偷扯了一下我的衣袖，示意我跟她去，結果帶我去了她的房間，端出事先藏好的熱粥和小菜，把我給高興壞了，舉起筷子正準備吃，忽然聽到芸的堂哥玉衡在外面喊：

「淑妹快來！」芸急忙起身去關門：「我累了，要睡覺了。」玉衡擠了進來，看到我正準備吃粥，便乜斜著眼衝芸笑道：「剛才我要吃粥，你說沒有了，原來是藏在這裡等你夫君回來吃呀！」芸大臊，跑出去躲了起來，滿屋上下的人都在笑她。我也賭氣領著老僕回了家。

後來再去她家，芸都躲起來不見我，我知道她是怕別人笑話。

再次見到她，是在乾隆庚子年的正月二十二日晚上，也就是我們的新婚之夜，她看上去還是像以前那麼瘦弱。我上前掀起她的蓋頭時，她與我四目相視，嫣然一笑。合巹禮畢，兩人並肩坐著吃晚飯，我將手藏在飯桌下，偷偷地握了一下她的手腕，手腕很細，皮膚溫潤嫩滑，令我心跳不已。我叫她多吃點，她說不能多吃，今天正好是她的齋期，她吃齋已經好幾年了。我心裡默算了一下，她開始吃齋的日子，正好是我出水痘那會兒，便對她笑道：「我長水痘的疤早就消了，我現在身體好著呢，姐姐再不用為我吃齋了，不如就從今天起開戒吧，好不好？」她雙目含笑，點頭應允。

二十四日，我姐姐出嫁；二十三日是國忌日，不能作樂，所以二十二日夜裡就開始為姐姐款嫁。芸出去陪客人了，將我扔在洞房跟伴娘們猜拳賭酒，我哪裡是她們的對手，很快喝得爛醉，一覺睡到第二天早上，這時芸正在對著鏡子梳妝呢。

這一天，親朋們絡繹而至，天黑之後才開始飲酒作樂。

過了子時，便是二十四日凌晨，我作為新娘的小舅子，當然也要去送嫁。回來已經是丑時將盡，家裡人全都睡了，只有我們的房間還亮著燈。我輕輕地推開房門進去，看到陪嫗正在床下打盹，而芸也已經卸了妝，卻還沒去睡，仍點著蠟燭，捧了一本不知什麼書，正埋頭看得出神。我走過去撫著她的肩膀，說:「姐姐都連著辛苦兩天了，不累嗎？」芸連忙回過頭來，起身道：「剛才我是要去睡的，開啟衣櫥看到這本書，讀著讀著就忘記睏了。《西廂記》這個書名，聽著很耳熟，今日一讀，不愧是才子佳作，只不過有的描寫也未免太尖酸刻薄了些。」我笑了笑說：「正因為他是才子，所以才能寫得尖酸刻薄嘛。」陪嫗在一旁催我們趕快睡覺，我應付兩聲，便叫她關上門先出去了。房間裡只剩下我們夫妻二人，於是彼此放下拘束，靠在一起說了些玩笑話，有一種老朋友久別重逢的感覺。我將手探進她懷裡，原來她心跳也很厲害呢，便湊近她耳旁問道：「姐姐這裡為何像搗米一樣搗個不停？」芸回頭望我，微微一笑，便覺一縷情絲令我心旌搖曳。我一把將她攬入帳中，渾然不覺天亮。

新婚之初，芸在家裡從來不亂說話，也沒有半點脾氣，別人跟她說什麼，她只是微笑而已。對待長輩恭敬有加，對待下人和和氣氣，處事井然有序，絕無半點閃失。每天早上，只要太陽晒到窗臺，便趕緊披上衣服起床，好像有人在催她似的。

我笑她：「現在不是吃粥那會兒了，你還怕別人臊你不成？」她說：「以前我只是藏碗粥給你吃，都被傳為話柄，現在我一大早起床倒不是怕臊，是怕公婆說我懶而已。」我雖然很想她陪我多睡一會兒，但又覺得她說得很對，於是也跟著她起來了。

從此兩人耳鬢廝磨，形影不離，感情好得無法用言語來形容。

幸福的時光匆匆易逝，轉眼已一個月。我父親稼夫公（時為會稽府幕）專門派人送我去杭州念書。結婚前，我尚在杭州趙省齋先生的門下求學，先生對我循循善誘，我今天能提起筆來寫寫文章，全賴先生教導有方。回來完婚的時候，便跟先生講好了，等父親回會稽時，我就隨他一道出發，回到學館繼續完成學業。知道離別將近，我心裡惆悵不已，又怕芸難過流淚。而芸不但沒有哭，反而強顏歡笑地寬慰我，幫我整理好行裝。這天晚上，她也只是有一點點不開心而已。

翌晨臨別，她細聲叮嚀一句：「我不在，你要照顧好自己！」

等上了船解開纜索，我突然覺得自己像一隻迷失在林子裡的孤鳥，縱是桃李爭妍、春光如畫，也沒心思去欣賞了。

父親將我送到學館後，便繼續渡江東去。我在學館裡待了三個月，感覺好像過了十年。芸雖然時不時會寫信來，但每次必噓寒問暖，多半是些勉勵我的話，剩下的則全是客套語，看得我鬱悶不已。只好每天晚上望著窗外的月亮觸景生情，想起和她共度的時光，不由得神魂顛倒。先生得知此情後，立刻寫信跟我父親商議，擬了十道題讓我考試，就暫且放我回家去了。

我歡喜得像是戍邊的士卒得了歸鄉赦令一樣。上了船，反倒覺得時間更難熬。好不容易到家，先上母親房裡請完安，便回房，芸起身相迎，手剛握到一起，還來不及說什麼，只覺得耳朵裡恍惚聽到一陣美妙的音樂，兩人的魂兒便化作了煙霧，從身體裡面飄了出去。

當時正值六月，室內悶熱難當，我們幸好是住在一間傍橋臨水的軒室裡，與滄浪亭愛蓮居的西牆毗鄰，名曰「我取軒」，取「滄浪之水清兮，可以濯吾纓；滄浪之水濁兮，可以濯吾足」之意。屋簷前有一株老樹，綠蔭滿窗，正好乘涼；河水對岸遊人絡繹不絕。軒室本來是我父親專門用來宴客的地方，我奉母親之命，帶著芸搬進來避暑。芸因為天熱不便刺繡，整天就是陪著我研讀古書、賞花賞月而已。她的酒量欠佳，勉強可以喝幾杯，我便教她行酒令。這些日子，每天都覺得無比快樂。

一天，芸問我：「各種古文當中，當師法哪一宗派？」

我說：「可取《戰國策》、《南華經》的空靈暢達，取匡衡、劉向的典雅雄健，取司馬遷、班固的宏博寬廣，取韓愈的渾厚，柳宗元的峭拔，取歐陽修的跌宕，『三蘇』的雄辯。其他的，像賈誼、董仲舒的策對，庾信、徐陵的駢體，陸贄的政論等等，可以學的多了去了，關鍵還是要用心去領會的。」

芸說：「我讀那些好的古文全都見地高超、氣勢雄壯，女子若是學做起古文來，恐怕很難達到那樣的水平，唯有作詩之道，我還是略有領悟的。」

我說：「唐朝科舉便曾透過考作詩來選拔人才，而說到學作詩就必然繞不過李、杜，你更願學誰呢？」

芸評價道：「杜詩錘鍊精純，李詩瀟灑落拓。與其學杜詩的森嚴，不如學李詩的活潑。」

我說：「杜甫乃詩家之大成者，後人多追隨於他，你卻偏偏要學李白，這是為什麼？」

芸說：「杜詩固然有其過人之處，格律嚴謹，言辭意旨都恰到好處。但我卻更愛李詩的仙人之氣，有一種落花流水的意境。不是說杜不如李，只不過我想學李詩的心情更迫切一些。」

我笑道：「想不到陳淑珍竟是李青蓮的知己啊。」

芸笑道：「我還有一個啟蒙老師白樂天先生呢，一直對他心存感激，未曾釋懷過。」

我說：「這話怎講？」

芸說：「〈琵琶行〉不是他寫的嗎？」

我笑道：「巧啊！李太白是知己，白樂天是啟蒙先生，我呢，正好字『三白』，便成了你的夫婿 —— 你跟『白』字多麼有緣！」

芸笑道：「跟『白』字有緣，將來恐怕會白字連篇吧！」（蘇州話稱錯別字為「白字」）說完，兩人笑作一團。

我又說：「你既然明確了詩的喜好，那也該知道賦的取捨吧？」

芸說：「《楚辭》乃賦的鼻祖，我才疏學淺，看不太懂。單從漢、晉來看的話，好像要數司馬相如品調最高、語言最精鍊。」

我開玩笑道：「當初卓文君跟他私奔，或許不是看上他的琴藝，而是看上了他的文章吧？」兩人再次笑作一團。

我向來性情爽直，受不得拘束，而芸卻正好相反，太過拘泥於禮數，顯得有些迂腐。她每次幫我披衣整袖，都要連說幾聲「得罪」，而我遞個什麼東西給她，她也一定要起身來接。一開始，我很不喜歡她這樣，跟她說：「你是要用禮數來束縛我嗎？古話說：『禮多必詐。』」芸漲紅了臉，說：「我對你畢恭畢敬才會多禮，怎麼到你嘴裡就變成了『詐』呢？」我說：「恭敬是在心裡的，而不在乎這些虛文浮禮。」芸說：「最恭敬的人莫過於父母吧？你難道也只是在內心裡恭敬，言談舉止便可對他們放肆嗎？」我一時語塞，趕緊說：「我剛才的話都是玩笑罷了。」芸說：「你沒看到那些親人反目成仇，往往就是因為一句玩笑話嗎？你以後還是少來冤枉我吧，免得讓我憂鬱死！」我於是又將她拉過來抱在懷裡，安撫了很久，她才露出笑容。從那以後，

「豈敢」、「得罪」竟成了我們的語氣助詞。我們在一起生活了二十三年，一直相敬如賓，而且越到後面感情越好。

在家裡，不管是在沒有人的房間裡碰上，還是在過道上狹路相逢，我們都會握手問候一句：「你上哪兒去？」心裡緊張得要死，好像怕旁人撞見一樣。其實芸每次和我走在一起或並坐一處，開始還會避人，久了也就不管那麼多了。有時芸和人坐在一塊聊天，見我來，必起身站立並挪到一旁，等我走到她身邊，再一併落座。我們也不知道為什麼非得如此，開始我還怪不好意思的，後來習慣了就覺得這也挺好的。倒是想不明白為什麼那些老年夫婦，彼此像看待仇人一樣冷漠，有人說：「不這樣，又怎麼能白頭偕老呢？」——難道真的是這樣嗎？

這年的七夕，芸在我取軒裡擺好了香燭瓜果，與我一同祭拜織女。我刻了兩枚圖章：「願生生世世為夫婦」，一枚朱文的我留著，一枚白文的交給她，並約定今後往來書信都蓋此章。當晚的月色非常好，月光灑落在河中，波光蕩漾如同白絹，我們身著輕紗，手執小扇，並肩坐在河邊的窗前，望著天上的雲霞飛過，形狀變化萬千。

芸說：「宇宙那麼大，不管身處何方，望見的卻都是這同一個月亮。不知此時此刻，在世界的另一個角落，是不是也有和我們一樣興致的兩人，正在賞著這同一個月亮？」我說：「納涼賞月這種事情，到處都是有的。至於說一邊賞月，一邊品論雲霞的人，當然也不在少數，但那都是未出嫁的女子用慧心在獨自體悟罷了；如果是夫妻二人一塊賞月，所品論的恐怕早已不是雲霞了。」

又坐了一會兒，月已西沉，正好香燭也燒完了，於是撤掉香案，上床睡覺。

七月十五，俗稱鬼節，芸備好了酒菜，欲跟我「舉杯邀月飲」。到了夜裡，忽然陰雲滿天，哪有月亮的影子！芸一臉嚴肅地對我說：「我若能與你白頭偕老，月亮就一定會出來。」無月可賞，我也覺得挺掃興。河對岸閃爍著無數的螢火蟲，圍繞著柳堤在河洲的蓼草叢間飛來飛去。我和芸對詩聯句以排遣愁悶，前面兩聯還一本正經，後面就越對越不像話了，以至於天馬行空，張嘴胡謅。

芸笑得眼淚直流，倒在我懷裡，話也說不俐落了。我聞到她鬢上插著的茉莉花，濃香撲鼻，於是一邊拍著她的背，一邊轉移話題以緩解她的笑，我說：「想起古人因茉莉花生得像珠寶，特栽培用來當作首飾插在髮間，殊不知這樣一來，花很容易沾染上油頭粉面的氣味。茉莉本身的香味多好聞啊，那麼多人喜歡供佛手，可是佛手哪比得上茉莉香？」芸果然止住了笑，她說：「佛手乃香中君子，它的香只在有意無意間。茉莉是香中小人，所以它才要踩著人的肩膀往上爬啊，茉莉的香，是刻意討好的香。」我說：「那你為什麼不戴一隻佛手在頭上呢？遠君子近小人！」芸說：「我是笑君子愛小人罷了。」

說話間，夜已三更，風漸漸將陰雲吹散，一輪圓月湧出，夫妻皆大歡喜。於是靠在窗邊對酌，還沒喝幾杯，忽然聽到橋下「咚」的一聲，像是有人墜河。我走近窗前細看，河中水平波靜，什麼也沒有，只聽到河灘上有鴨子急奔的聲音。我知道這河裡一直有溺水鬼，但我不敢告訴芸，怕她害怕。芸說：「呀！這聲音，是怎麼回事？」不禁毛骨悚然，趕緊關好窗，帶著酒回房去了。房間裡只點著一盞豆燈，蚊帳也正好是放下來的，更加搞得我們疑神疑鬼，驚魂未定。於是挑亮燈盞，上床睡覺，而這時芸已經發起了高燒，接著我也高燒不退，病困了二十多天。正所謂樂極生災，也是我們不能白頭偕老的徵兆。

中秋那天，我的病已初癒，想起芸嫁到我家有半年了，還從沒去過隔壁的滄浪亭，於是叫老僕跟守亭的人打了個招呼，讓他不要放閒人進去。傍晚時分，我偕芸以及年幼的小妹，由一名老僕和一名婢女扶著，命老僕在前面引路，跨過石橋，進門往東，折入幽深曲徑，繞過石頭假山，穿行於蔥翠的林木間。滄浪亭就位於一座土山的山頂，一行人拾級而上，登至亭心，方圓數里畢露眼底，晚霞絢爛，炊煙四起。河的正對岸名為「近山林」，是巡撫設在蘇州的宴客場所，正誼書院是後來才有的。

我們將帶來的毯子鋪在亭中，圍成一圈坐在地上，守亭人煮好茶端了進來。不多時，一輪明月躍出山林，精神為之一爽，一種參透禪機、大徹大悟般的歡喜從心底湧起，人在俗塵中的所有煩惱頓時冰消雪釋。芸說：「今天出來遊玩真是太開心了！如果再到下面的河裡去划一划船，豈不是更盡興！」

已是夜幕降臨、掌燈時分，回想起七月十五夜的那一次驚嚇，我們不敢繼續逗留，便相互攙扶著從山上下來，打道回府了。蘇州有中秋晚上「走月亮」的習俗，不管是大戶閨秀還是小家碧玉，女子們都會從家裡出來，成群結隊地到處去遊玩。滄浪亭這樣幽雅清曠的去處，反而沒有一個人來。

我父親稼夫公喜歡收義子，所以我的異姓兄弟有二十六個。我母親也有九個義女，這九人中要數王二姑、俞六姑與芸的關係最好。王痴愚憨厚，好喝酒，俞性格豪爽，能說會道。每次她們兩個一來，我就要被趕出去住，好讓她們三個女子同睡一床。我知道這都是俞六姑一個人的主意，便和她開玩笑說：「將來你出嫁了，我一定將妹夫請到家裡來，至少一住就是十天。」俞說：「好啊好啊！那我也要來，來和嫂子睡。」芸和王則笑而不語。

那時因為弟弟啟堂娶親，我們家已經搬到飲馬橋的倉米巷去住了，房子雖然寬敞許多，但環境卻遠不如滄浪亭畔幽雅。

那年我母親生日時，家裡請了戲班來演劇，芸一開始非常憧憬。而我父親向來無所忌諱，點了《慘別》等劇，老伶們演得那叫一個悲切感人！我透過門簾看到芸忽然起身離場，過了很久也不見她回來，便進屋去探詢，俞與王也跟了進來。只見芸托著下巴，獨自坐在梳妝鏡旁，我說：「怎麼這麼不開心呢？」芸說：「看戲原本是為了陶冶性情，而今天這戲，白白叫人肝腸寸斷罷了！」俞和王都笑她。我說：「她這是感情太豐富。」俞說：「那難道嫂子就整天都坐在這裡嗎？」芸說：「有好看的，我再去看。」王聽她這麼一說，便去請母親點了《刺梁》、《後索》等劇，再勸芸出去觀看。芸這才拍手稱快。

我的堂伯父素存公去世得早，沒有子嗣，我父親便將我過繼給他。我們家的祖墳位於西跨塘福壽山，而他的墓也在祖墳一側，每年春日，我都要帶著芸去拜掃。王二姑聽說那裡有一處勝景，名為「戈園」，便主動要求跟我們一同前往。芸看到地上有小塊奇形怪狀的石子，苔痕斑駁，十分可觀，便指給我看：「用這種石子疊盆山的話，應該比宣州白石疊出來的更為古雅。」我說：「像這樣的石子只怕並不多見。」王說：「嫂子若真喜歡，我幫你撿來便是。」說完立即向守墳人借了一口麻袋，走走停停，一路找一路撿。每撿到一塊，我說「可以」，便裝入麻袋，我說「不行」，就扔掉。不一會兒，拖著麻袋，汗涔涔地回來了：「再撿就背不動啦！」芸接過麻袋，邊挑揀邊說道：「我聽說上山收果子，必須藉助猴力，果然是啊。」王憤憤地搓著手指，作勢要呵她癢癢，我急忙擋在她倆中間，批評了一下芸：

「人家幫你幹活，你自己在一旁玩就算了，還要說這種話，怪不得妹妹要生氣。」

回來的路上順便遊賞了一下戈園，花紅葉翠，爭相競妍。王二姑向來是憨妹妹一個，逢花必折，芸便罵道：「你又不插瓶，又不戴它，折那麼多做什麼？」王說：「它又不痛，它又不癢，有什麼關係？」我笑道：「將來罰你嫁一個痲臉鬍子，為花解恨。」王轉身對我怒視，甩手將花往地上一扔，再用腳尖將它們踢入池中，說：「何必這麼狠心欺負我！」芸笑著上前勸解，這才罷休。

芸最初不愛多說，只喜歡聽我發表見解。我總想設法逗她多講，就像拿一根草去逗蟋蟀開聲一樣。漸漸地，她也能說出自己的見解了。她每天都要用茶來泡飯吃，喜歡吃芥鹵腐乳，蘇州人管它叫臭腐乳，還喜歡吃蝦鹵瓜。我生平最厭惡這兩樣，便逗她說：「狗沒有胃，所以喜歡吃屎，因為它不知道臭；蜣螂團糞，那是為了化蟬，志在高飛。你是狗呢，還是蟬呢？」

芸說：「腐乳便宜，又能送粥、下飯，我從小吃慣了的。如今我嫁到你家，就好比從蜣螂變成了蟬，但還是愛吃腐乳，因為我不能忘本。至於鹵瓜，我是到了你家之後才吃到的。」我說：「這麼說，我家便是狗洞咯？」她立刻窘了，辯解道：「糞呢，家家都有的，區別只在於吃或不吃而已。既然你喜歡吃蒜，那我也勉強吃一點。腐乳我不敢強求你吃，但鹵瓜，你不妨捏著鼻子多少嘗一點，嚥到喉嚨裡，你就知道它確實好吃了，就好比鍾無鹽雖有醜貌，但有美德。」我笑道：「你是要逼著我做狗嗎？」芸說：「我做了那麼久的狗，今天就委屈你一下吧。」說著便一筷子強塞進我嘴裡。我捏著鼻子略一咀嚼，似乎挺脆美，於是鬆開鼻子再嚼，竟如此美味！就這樣，我也好上了這口。芸在芥鹵腐乳中拌入麻油和少許白糖，也十分鮮美；又將鹵瓜搗爛拌腐乳一起吃，美其名曰「雙鮮醬」，好吃得很。我說：「起初那麼厭惡，現在卻如此喜歡，這未免太沒道理了。」芸說：「情之所鍾，雖醜不嫌嘛。」

我弟弟啟堂的媳婦，是王虛舟先生的孫女，她出嫁那會兒，男方去催妝時才發現缺了一顆珠花。芸得知後便從她當初收的聘禮當中拿出一顆來，呈給我母親。女僕們都在一旁替她惋惜，她卻說：「凡是結了婚的女人，身上已屬純陰之氣，而珠這種東西，又乃純陰中的精華，用它來做首飾，身上僅有的一點陽氣全都克沒了，有什麼可寶貴的？」

反倒是破書殘畫，芸卻珍惜至極。她將所有殘缺不全的書籍都蒐集起來，分門別類，匯訂成帙，通通歸於「斷簡殘編」這一名下；而凡是破損的字畫，她都找來合適的舊紙黏補完好，那些破缺之處，就勞我幫她補畫全，然後再一幅幅捲好，也集在一起，取名「棄餘集」。每天做完家務和女紅，好像還不夠累似的，剩下的時間全都花在這些事情上，一點也不嫌煩瑣。有時在紙簍裡撿到一片爛紙頭，竟如獲至寶，隔壁的馮媽就經常去收一些別人廢棄的畫卷來賣給她。

芸與我氣味相投，且頗能讀懂我的眉語眼色，無論大事小情，只需傳遞一個眼神，就能完成得妥妥貼貼。

我跟她說過：「只可惜女子不能遠遊，若能把你變成男人，和我一路搜訪名山勝蹟，遨遊天下，那該多好啊！」

芸說：「這有何難，等我老了之後，遠的五嶽不說，近一點的像什麼虎丘、靈岩還是去得了的，南至西湖，北至平山，儘可以攜手同遊。」

我說：「只怕到那時，我們都走不動了。」

芸說：「這輩子不行的話，來世可期。」

我說：「來世你來當男人，我做女子跟隨你。」

芸說：「那也要記得今世的事，才有意思呢！」

我笑道：「對啊，像幼時吃粥的事，即便到現在還會時不時地提起。假如來世還記得今生之事的話，新婚之夜便能聊它一宿，不用睡覺了。」

芸說：「小時候聽大人說，月下老人專管人間婚姻。我們今世能做大妻，想必便是他老人家牽的線，若想來世再續姻緣，亦須仰仗月老成全才行，何不請人畫幅像來祭一祭他呢？」

當時苕溪有位柳堤先生，姓戚名遵，擅繪人物。於是去請他畫了一幅。畫中的月老一手挽紅絲，一手執枴杖，杖頭掛著姻緣簿，童顏鶴髮，正騰雲駕霧而來。這也是畫家本人最得意的一幅作品。朋友石琢堂也大愛此畫，並於卷首空白處題寫了幾句讚美之詞。我將畫像端掛於內室，每逢初一、十五，我夫婦二人必焚香拜禱。後來因為家裡發生了很多變故，竟把此畫給弄丟了，也不知落在了誰人手裡。所謂「他生未卜此生休」，我們來世的姻緣，真的能得到神明的成全嗎？

搬來倉米巷之後，我給臥樓題寫一匾，名「賓香閣」。「香」暗指「芸」，而「賓」則有相敬如賓的意思。房屋雖然寬敞，但院落窄小，院牆又高，實在沒什麼景緻可賞。後邊的廂樓通往藏書房，開窗便能看到陸家的廢園，但也只是一片荒涼而已。芸在這裡時常惦念的，便是滄浪亭畔的風景。正好有位老媽子住在金母橋東、埂巷北一帶，房子四周有好大一片菜圃，全都築上籬笆圍了起來，柵門外有一畝多寬的水池，籬笆邊花團錦簇、樹影婆娑，錯落間雜。

這塊地原本是元末張士誠的府宅，現在成了廢墟，廢棄的瓦礫堆出一座土山，離西牆只有幾步之遙，站在土山頂上遠眺，可以看到地廣人稀的郊外，頗富野趣。聽老媽子偶一描畫，便勾起了芸極大的興趣。她對我說：「自從搬離滄浪亭，便整天魂牽夢縈。哪怕是比它稍差一點的地方都好啊！你覺得老媽子那裡怎麼樣？」我說：「初秋暑熱不減，讓人無處安生，我也正想找一個清涼的地方消暑。你要肯去的話，我先去看看她家能不能住，若能住，便抱起鋪蓋去住它一個月如何？」芸說：「只怕母親大人不讓去。」我說：「我自會請示。」第二天我去看了，僅有兩間屋，前後又隔出兩間，總共四間。紙窗竹床，別具幽趣。老婦知道我的來意後，欣然將自己的臥室讓給我們，再將四面牆都糊上白紙，頓時大有改觀。

稟過母親後，我帶著芸住了過去。鄰居就只有老夫婦二人，種菜為業，知道我們在此避暑，便主動來串門，並釣了些池魚，摘了新鮮的蔬菜送來。我們要給錢，堅決不收。無以為報，芸就親手做了鞋子送給他們，這才客客氣氣地接了。

正值七月間，綠樹成蔭，水面送來涼風，蟬鳴不絕於耳。鄰居老人給我們做了魚竿，我偕芸坐在柳蔭深處垂釣。日落時，登上土山看晚霞夕照，吟詩覓句，隨感而發，留下了「獸雲吞落日，弓月彈流星」之句。沒多久月亮升起，映在池中，夜蟲唧唧四起，我們搬來竹床擺在籬笆下。這時，老僕過來說，她已經煮好飯、燙好了酒，我們便就著月光對酌，喝到微醺才開始吃飯。洗完澡後，都穿著涼鞋，搖著蒲扇，或坐或臥，聽老人講因果報應的故事，夜半三更才回屋睡覺，躺在床上渾身清涼，何似人間？

我請老人買來菊花，沿著籬笆栽遍。九月菊花開時，又與芸搬來住了十天。我母親也欣然前來，相與剝蟹賞菊，玩了一整天。芸高興地說：「將來我們可以在此蓋幾間房，買方圓十畝地開闢成菜園，再請僕人、農婦種些蔬菜瓜果，保障生活開銷。你畫畫、我刺繡，也能拿去換點錢，供我們飲酒寫詩之用。每天粗茶淡飯，亦可樂此終身，又何必遠遊呢？」她所言，我極認同。現在即便我得到了這樣一片樂土，而知己卻早已亡故，我唯有整日興嘆，仍然難釋悲懷啊！

離我家半里遠的醋庫巷有一座洞庭君祠，俗稱水仙廟。迴廊曲折，小築園亭。每逢神誕日，各姓族中的男丁便自發占領一個角落，密密麻麻地掛上同一樣式的玻璃燈，中間設寶座一張，旁邊排列些桌几用來陳設瓶花，在此鬥花爭勝。白天還只是請戲班來演戲，到了晚上，將長短不一的蠟燭往瓶花間插遍，燭光參差，花影錯落，謂之「花照」；而殿前寶鼎裡則香煙繚繞，彷彿一場盛大的龍宮夜宴。廟裡的司事或吹笙簫伴唱，或煮茗清談，觀眾多得像螞蟻趕集，屋簷下不得不設定欄杆作為屏障。

我因為被一眾朋友請去幫忙插花布置，才得以親歷這樣的盛況，回家後便對著芸讚不絕口。芸說：「可惜我不是男子，不能去。」我說：「你要變成男人容易，戴我的帽子，穿我的衣服便是。」芸於是將髮髻改梳成長辮，畫上濃眉，再將我的帽子戴上，雖露了點鬢角出來，但也還是可以掩飾。我的衣服給她穿，長了一寸半，便將腰間折一折再縫住，外面套一件馬褂。

芸說：「腳怎麼辦？」我說：「坊間有賣蝴蝶鞋的，可大可小，很容易就能買到，而且每天早晚還可以當拖鞋穿，不是挺合算嗎？」芸大喜。

晚飯後，換好了衣服，芸在家裡照著男人走路的樣子，拱手闊步地練習了很久，突然又變卦說：「我不去啦，叫人認出來就麻煩了，若傳到母親大人耳中更加不妥。」我慫恿她說：「廟裡的那些司事還有誰不知道我的？就算是認出你來，也不過是付之一笑罷了。我母親現在九妹夫家裡，我們偷偷去、偷偷回，她怎麼可能知道？」

芸看著鏡子裡的自己，狂笑不已。我生拉硬拽將她拖出門，然後抄小路悄然而至，遊遍了整座廟，也沒人認出她是女子。有人問起來，我就說這是我表弟，她不敢言語，衝人拱手作揖而已。

我們逛到一處寶座後面，看到幾個少婦、幼女坐在那裡，她們都是司事楊某的眷屬。芸突然走過去打招呼，很自然地側過身將手按在少婦肩上，把坐在一旁的婢媪給惱著了，站起來就說：「你什麼東西，竟敢如此非禮！」我正欲找個藉口掩飾過去，芸一看形勢不對，便脫下帽子，抬起腳尖給她們看：「我也是女的！」那些婦女都傻眼了，立即轉怒為歡，非要留我們吃點心，還喊了轎子將我們送回去。

吳江的錢師竹病故，我父親來信，讓我前去弔唁。芸暗自跟我說：「去吳江必經太湖，我想和你同去，也好開開眼界。」我說：「我也正想著一個人去好無聊，你陪我去當然好，但是我想不到託詞啊。」芸說：「託詞就是我要回娘家省親。到時，你先上船等我，我當隨後就到。」我說：「那樣的話，回來的時候，還可以將船停在萬年橋下，我們一起候月乘涼，續滄浪亭未竟之韻事。」

六月十八日清早，氣溫涼爽宜人，我帶著一名僕人先去了胥江渡口，上了船在那裡等。芸果然坐著轎子來了。於是解纜行船，出了虎嘯橋，水面漸漸開闊，與長天共為一色，並開始出現了帆船和水鳥。芸說：「這就是他們說的太湖嗎？今天總算見到天地之寬，這輩子值了！想想有多少閨中女子到死都沒見過呀！」我們說了一陣閒話，便看見岸上楊柳依依，到吳江城邊了。

我上岸祭奠完，回到船上一看，沒人了，急忙問船夫。船夫用手指給我：「橋邊的柳蔭下，看魚鷹捕魚的不就是嗎？」原來芸已經和船夫的女兒一塊上了岸。我走到她們身後，芸熱得大汗淋漓，靠在那女孩身上，看魚鷹看得正出神呢。我拍了一下她肩膀，說：「衣服都汗透啦！」芸回頭說：「我怕錢家的人會來船上，所以暫時躲在這裡。你怎麼這麼快回來了？」我笑道：「我來抓逃犯啊。」於是和她挽著手回到船上，掉頭返航，行船至萬年橋下時，太陽還沒有落下去。於是將船艙的窗戶全都敞開，水上清風徐來，我們手執扇子，身披羅衫，吃著西瓜解暑。不一會兒，晚霞將萬年橋映得通紅，柳樹影影綽綽被水霧所籠罩，一輪明月正待升起，漁火已然滿江。我讓僕人先到船尾去陪船夫喝酒。

船夫的女兒名素雲，我與她喝過一次酒，其人頗不俗，於是喊了她過來和芸同坐。船頭特意沒點燈火，我們一邊等月出，一邊暢飲開懷。我和芸以「射覆」為令，素雲兩隻眼睛一閃一閃的，聽得津津有味，對芸說：「我熟悉各種酒令，但從來沒聽說過這樣行令的呢，我也想學！」芸便「打個比方、打個比方」地教起她來，聽得她一臉茫然。我笑道：「這位女先生，且收起你的高論，我只打一個比方，她就明白了。」芸說：「你如何打比方呢？」我說：「鶴善舞而不能耕，牛善耕而不能舞，天性使然也。先生想違背她的天性來教她，這不是白費力氣嗎？」素雲捶我的肩膀說：「你罵人呢！」芸出令說：「只許動口，不許動手。違者罰飲大觥。」素雲海量，斟滿一觥，一飲而盡。我說：「動手只准摸索，不准捶人。」芸笑著一把拉過素雲推到我懷裡，說：「只管放開了摸。」我笑道：「一看你就不解風情，摸索只在有意無意之間，抱過來一頓狂抓，那是田舍農夫的行為。」

她倆的髮鬢上都簪著茉莉花，被酒氣一蒸，再與她們的汗味、髮油的香氣相混合，不覺芬芳透鼻。我戲言：「小人臭味充滿船頭，令人噁心。」素雲不禁攥起拳頭對著我一頓連捶：「誰叫你狂嗅來著？」芸喊道：「違令，罰兩大觥！」素雲說：「他罵我小人，不應該捶他嗎？」芸說：「他說『小人』，是有緣故的。你先把酒乾了，我自會告訴你。」素雲便連乾兩觥，芸於是將我們在滄浪亭舊居乘涼時的事情，講給她聽。素雲說：「這樣說的話，那我真是錯怪了，應該再罰。」又乾了一觥。

芸說：「久聞素姑娘很會唱歌，可否讓我們見識一下你的好嗓音。」素雲就用象牙筷敲著小碟，唱了起來。芸一高興便多喝了幾杯，不覺酩酊大醉，先乘轎子回去了。我與素雲喝著茶，又說了片刻話，才踏月而歸。

那時我和芸借住在朋友魯半舫家的蕭爽樓。過了幾天，魯夫人聽到別人的謠傳，偷偷地告訴芸說：「前日聽說你丈夫帶了兩個妓女，在萬年橋下的船上喝酒，這事你知道嗎？」芸說：「有這事，其中一個就是我。」於是把那天遊玩的事原原本本地說給她聽，魯夫人大笑，當下釋然。

乾隆甲寅年七月，我從粵東回來。和我一路的有徐秀峰——我的表妹夫，正好帶著他新買的妾室回來。他炫耀自己新妾的美貌，並且邀請芸去他家欣賞。芸去看了之後，對秀峰說：「美則美矣，氣韻還是欠了些個。」秀峰說：「這麼說來，你丈夫納妾的話，必須美貌和氣韻兼顧才成？」芸說：「沒錯。」從此她便一門心思幫我物色，偶有適合的人選，卻又拿不出那麼多錢。

當時有一名浙江的妓女，名叫溫冷香，客居蘇州，曾以〈詠柳絮〉為題作了四首律詩，引起蘇州滿城瘋傳，也有不少好事者步韻而和之。我的吳江好友張閒憨向來欣賞冷香，於是帶著柳絮詩找我索要和詩。芸有點瞧不上這人，就沒跟著摻和。我呢，因為技癢，忍不住照著它的韻腳和了一首，其中有「觸我春愁偏婉轉，撩他離緒更纏綿」之句，芸擊節嘆賞。

第二年，乙卯年秋八月五日，我母親準備帶上芸一道去虎丘遊玩，閒憨忽然來找我說：「我也正要去遊虎丘，今天特地來請你同去做探花使者。」於是請我母親先走，約好在虎丘半塘碰頭，然後拉著我去了冷香的居所。見到了冷香，已經是半老徐娘，她有個女兒名叫憨園，年未滿十六，亭亭玉立，出落得真是「一泓秋水照人寒」。接觸之下，便知她頗通文墨。她還有個妹妹文園，年紀尚小。

我起初就沒抱有任何幻想，此地一杯酒、幾句閒敘，恐怕都不是我能消費得起的，而此時人坐在這裡，心裡更是惴惴不安，只勉強能應付一下而已。我悄聲與閒憨道：「知道我貧寒，還找來這麼一個尤物，你是想玩我嗎？」閒憨笑道：「非也，今天是有朋友請客來答謝我的，他特意花錢邀了憨園作陪，可他自己又被拉去陪另一位尊貴的客人去了，我只不過是替他轉邀你來做客而已，你就不要多慮啦。」我這才如釋重負。

我們乘船行至半塘，兩船相遇，於是叫憨園過船來叩見我母親。芸和憨園相見，滿心歡喜，如見故人，與她攜手登山，遊覽各處名勝。芸唯獨喜歡千頃山的高曠，坐在那裡欣賞了很久。回到野芳濱，大家暢飲開懷，將兩條船停靠在一處。快開船時，芸對我說：「你去陪張君，將憨園留下陪我可以嗎？」我答應了。返航至都亭橋，才讓憨園換船分別。回到家已經三更了。

芸說：「今天總算見到一個又美又有氣韻的。剛才已經跟憨園約好明天來拜訪我，我會為你爭取的。」

我被她嚇了一跳，連忙說：「此妾非金屋不能藏啊，我這種窮書生豈敢妄想？更何況你我夫妻正情深意篤，我何須再求一個？」

芸笑道：「我自己也愛她的。你就等著吧。」

第二天，憨園真的來了。芸殷勤款待，設下酒筵，席中以猜枚為令，猜贏了吟詩，猜輸了便飲酒。直到撤席也沒有聽到一句關於聘納的話。憨園回去之後，芸說：「剛才又跟她私下約好了，十八日來這裡與我結為姐妹，你就準備殺豬宰羊款待吧。」又笑著指了指手腕上的翡翠鐲子說：「到那天，你若看見鐲子在憨園手上戴著的話，這事便成功了一半。剛才我已跟她表明心意，尚未知她內心的真實想法。」我姑且聽之。

十八日那天下大雨，憨園竟然冒雨前來，與芸二人進了房間，過了很久才挽著手出來，一見到我便面露羞色，原來翡翠鐲子已經戴在她手上了。二人焚香跪拜，結為姐妹，然後準備請憨園入席，繼續像上次那樣行令飲酒，不巧那天正好有人邀她遊石湖，所以就先走了。

芸大喜道：「麗人已得手，你打算怎麼謝媒婆呀？」

我問她具體說了些什麼，芸說：「之前把話都藏著，是怕憨園已經心有所屬，剛才試探了一番，知道她還沒有，我便跟她說了：『妹妹知道今天叫你來的意思嗎？』憨園說：『承蒙夫人抬舉，我這真是攀高枝了，只是我母親對我期望甚高，恐怕我自己很難做得了主，願與夫人一道慢慢設法說服她。』我摘下鐲子給她戴上時，又對她說：『玉的品質，貴在堅貞，而且玉鐲乃圓形，有團圓、不斷之寓意，妹妹不妨試著戴它一戴，這也是能成其為好事的吉兆嘛。』憨園說：『是聚是散，總是在於夫人的。』如此看來，憨園的心已算爭取到了，只是冷香這一關還沒有十足的把握，得再想點辦法對付她。」我笑道：「你是要學李笠翁的《憐香伴》嗎？」芸說：「沒錯。」

從此，她與我無日不談憨園。後來，憨園被有錢的競爭者奪去，終究未能成事。芸竟因此而死。

清－沈銓－荷塘鴛鴦圖

宋—佚名—竹汀鴛鴦圖

南宋－佚名－寒塘鳧侶圖

五代十國－黃筌－寫生鴛鴦圖

宋－佚名－竹澗鴛鴦圖

宋－佚名－雪景鴛鴦圖

宋—佚名—柳塘鴛鴦圖

閒情記趣

記得很小的時候，我能直視太陽，連眼睛都不眨一下；能明察秋毫，見到丁點大的東西也會觀察半天，細看它的紋理，所以經常能體會到一些別人體會不到的樂趣。

夏天蚊子嗡嗡亂撞，我只當它們是一群仙鶴在空中飛舞，心有所念，眼中所見也真的變成了仙鶴。那麼多的仙鶴！我仰著頭，看呆了，脖子酸脹。又或者把它們困在蚊帳裡，再緩緩地噴煙進去燻它們，看它們在煙霧中振著翅膀，腦海中浮現出鶴唳雲端的壯觀，漸漸地，眼前的景象與幻想中的畫面重疊了 —— 我真的看到了雲，看到了鶴，心裡那叫一個暢快！

那時候，最喜歡蹲在土牆的凹凸處、花臺的雜草叢生處，使目光平視花臺，看草叢便不再是草叢，而是茂密幽深的森林，看蟲子、螞蟻便是森林裡的野獸，至於花臺裡的土塊，凸的是山丘，凹的是溝壑……我神遊在那個虛擬的場景裡，自得其樂。有一天，我見兩隻蟲子在草叢間打鬥，正看得著迷，忽然有龐然大物拔山倒樹地撲來，原來是隻癩蛤蟆，一伸舌便將蟲子們捲進了嘴裡，把我給嚇了一跳！我回過神來，立刻捉拿住凶手，鞭笞數十下，並驅逐到別院去了。長大一點我就想，或許那兩隻蟲子不是在打鬥，說不定另有姦情，古話說「奸近殺」，奸蟲也不例外吧？我還記得，為了貪戀這草叢間的樂趣，我的卵子（吳地俗語稱陽具為卵子）被蚯蚓叮咬，腫到無法小便，於是捉了一隻鴨來張口夾它，婢嫗一下沒捉穩，那鴨便抻著脖子作吞噬狀，嚇得我大哭，被傳為笑柄。這都是小時候的閒情趣事。

長大後，我愛花成癖，喜歡修剪盆樹。後來認識了張蘭坡，在他的指點下，才開始精於剪枝養節之法，繼而又領悟了接花疊石之法。花以蘭花為最，取其幽香雅緻，而瓣品堪入花譜的，更是不可多得。蘭坡臨終時，曾送給我一盆荷瓣素心春蘭，皆肩平心闊，莖細瓣淨，可以入花譜，我視為珍寶一樣地養著。那年我正好遊幕在外，多虧芸親自照拂，倒也長得花繁葉茂。養了兩年不到，忽遇不測，頭一天還好好的，第二天去看便已蔫死，拔根查視，發現根都還是白的，而且最近仍在發新芽。這明明是生機勃勃之兆，怎麼就死了呢？一開始，我也想不明白，只嘆自己沒那個福分，消受不起這麼好的東西。過了很久才知道，原來是有人故意澆了開水將它燙死，此人曾想從我這裡分出一株去養，而我沒有答應。打那以後，我發誓再也不種蘭花。

除卻蘭花，就要數杜鵑 —— 雖無芳香，但有佳色，可以久玩。而且杜鵑極易修剪，只不過因為芸愛惜枝葉，捨不得大剪，所以很難成樹。其他盆栽也是如此。

唯有「採菊東籬下」，秋復一秋，年年如此，已成癖好。菊花我只喜歡瓶插，而不愛盆栽。不是說盆菊不值得玩賞，只是因為家裡沒有園圃，不能自種，去花市上買吧，又都叢叢雜雜，全無雅趣，乾脆不栽，只以瓶插。插花的朵數，宜單不宜雙，且一瓶只插一種花。瓶口寬闊，不宜窄小，開口寬，花枝才有舒展的空間。不管是五朵七朵，還是三四十朵，必須於瓶口中間一叢怒起，而不是散亂無序、相互擠壓，或搭靠在瓶口有氣無力，是所謂「起把宜緊」。起把緊了，整束花才得以保持可觀賞之態，或直立而高聳，或橫斜欲騰飛。花枝應高低有致，使得花蕊相互錯開，以免花亂無章，似鈸翻盤飛，如觀雜耍。

再一個，選取花枝時，梗僵葉亂的枝條應果斷捨棄，若枝與枝之間需用針連，則一定用暗針，不得使針露出梗幹，針若太長，寧可截斷，是所謂「瓶口宜清」。瓶花插罷，視桌面大小，每桌可擺三瓶以上，頂多七瓶，再多就亂了，也顯得俗氣。桌几的高低，從三四寸到二尺五六寸不等，必須擺置得參差錯落、高低有致，互相之間有呼有應，使得氣勢上渾然一體。但又不能是簡單、有規律的高低序列，比如說中間一高桌，兩邊全是矮几，或者是從高到低依次排列，那又犯了所謂的「錦灰堆」的通病。具體的擺法，密也好，疏也罷，進之一分又或出之一寸，難成定論，只需用心領悟，盡量擺得如畫中意境即可。

如果想用花盆、盤、碗、筆洗等容器插花，將漂青、松香、榆皮、麵粉調至黏稠，先用稻灰熬成膠，再將釘子穿透銅片，加熱使膠融化，用它將銅片黏附在花盆、盤、碗、筆洗的底部，要使釘子朝上。冷卻之後，用鐵絲將花枝紮成一束，插在釘子上。花枝不能居中，要傾斜一點才好看，枝葉更宜疏瘦清秀，不應過於繁茂，避免擁擠。然後加水、細沙少許掩蓋住銅片，讓別人看了都以為花是自己從碗底長出來的才妙。

如果想用木本花果插瓶，剪裁之法如下（不能每一枝都親自覓取，但請人攀折，又每每不盡人意）：先將枝條拿在手上，從不同的角度觀察它的姿態和形狀是否合意；看準之後，剪去雜枝，以疏、瘦、古、怪為佳。接下來再考慮，以什麼角度、什麼朝向插入瓶中，才能避免葉片背向和花瓣側偏的情況，然後該折幹打曲就折幹打曲，最後插入瓶口；而不是不管拿到什麼樣的木枝，都只選最直的那一段插入瓶口，這樣勢必枝也不順、幹也僵硬、花也側偏、葉也背向，沒有一個角度是好看的，更別說什麼意境了。至於折幹打曲的方法，很簡單，將枝幹半鋸開縫，再塞入磚石，則直幹也立刻變彎；如果擔心枝幹傾倒，再敲一兩顆釘子加以固定。照這個方法，即便楓葉竹枝、亂草荊棘，拿來插瓶，也都能入畫。譬如一竿綠竹，配以枸杞數粒；幾莖細草，伴以荊棘兩枝。只要構圖巧妙，必另有一番意趣。

新栽的花木，不妨以歪斜的姿勢栽種，不用管它的葉子側不側，一年之後，枝葉自然就會朝上生長。如果每棵樹都種得筆直，以後插花就很難找到姿態合意的枝條了。

至於剪裁盆樹，方法如下：擇取樹根形狀像雞爪的樁胚，從左至右只剪出三節，然後起枝。而每一枝又成一節，總共七枝到頂，或九枝到頂。所有枝節必須相互錯開，不得像人的肩膀手臂那樣左右對稱；節的粗細必須勻稱，不得像鶴膝那樣臃腫而腿細。必須輪轉次第出枝，不能光留左右兩側，以避免赤胸露背之嫌，當然也不能去其左右，只留前後出枝。還有一盆根上長出兩棵樹或三棵樹的，謂之「雙起」、「三起」。如果所選樁胚非爪形根，那就不是盆樹，改叫「插樹」了，所以不可取也。

然而要剪成一盆樹，至少得三、四十年。我只見過我的一位同鄉 —— 萬彩章老先生，以畢生精力剪成過幾盆。又在揚州的商店裡看到過黃楊、翠柏各一盆，是某位從虞山來的客人送的，真是明珠暗投，有點可惜了。除此之外，就沒見過值得一提的了。也有的匠氣十足而真意無存，要麼出枝繁複，堆砌如寶塔，要麼纏束走枝，扭曲如蚯蚓。

至於盆花綴石，小景可以入畫，大景可以入神。沏上一杯清茶，邊品邊賞，能使人忘乎所以、神遊其中，這樣的盆景，方可入文房清玩。

我曾栽過一盆水仙，因為沒有靈璧石，便以極具石韻的木炭來替之。後來我又將黃芽菜心 —— 取大大小小五七枝，皆色白如玉 —— 用沙土種在長方形的盤子裡，仍然以炭代石，使黑白分明，也頗有意思。還做過很多類似的嘗試，不能一一列舉，總之幽趣無窮。例如，石菖蒲結籽後，將籽泡米湯，嚼爛，噴在炭上，置陰暗潮溼處，不幾日便能長出嫩苗來，隨意移栽至盆碗中，細細密密，十分可愛。

又將老蓮子的兩頭磨平，放入蛋殼中，讓母雞孵化，等嫩芽長出後取出，移栽至小巧盆器，不用沙土栽培，而代以陳年燕巢泥和天門冬（比例是十比二），搗爛拌勻，鋪在盆底，以河水澆灌，早上可以讓它多晒晒太陽。開出來的荷花只有酒杯大小，而蓮葉邊沿內卷、有若碗口，看上去亭亭玉立，也頗為可愛。

若說園林的設計，空間的布局，石山怎麼疊，花草怎麼點綴，又在於大中見小，小中見大，虛中有實，實中有虛，藏藏露露，淺淺深深，而不是「周迴曲折」四個字便可以窮盡的，更不是仗著地廣石多而一味地費錢費工即能奏效。譬如說，有人掘地堆土成山，再嵌以大塊石頭，種上各色花草，用梅枝編作藩籬，引綠藤爬滿院牆，則無山也可以變成山。

園中不常打理之處，可以種上竹子，因為竹子長得快，周邊栽梅樹織作屏障，因為梅枝易繁茂，是所謂「大中見小」。

如果院子不大，砌院牆要凹凸有致，再引藤蔓上牆，飾以翠綠；臨窗之牆可嵌巨石，石上刻字做碑誌，一推窗，如有石壁垂懸近逼眼前，頓時覺得峻峭驚心，是所謂「小中見大」。

或在假山池水的盡頭，曲徑一折又豁然開朗；或於軒閣設宴席，房門一開卻別有洞天 —— 原來外面還有一個院子，是所謂「虛中有實」。

或在院牆上安假門，掩映於竹石之間，以為開門便可通往別院，其實並無門可開；或在牆頭上搭建矮欄杆，假裝上面還有月臺，而其實也並沒有，欄杆純粹只是裝飾而已，是所謂「實中有虛」。

我家鄉有一種船，叫太平船。此船不大，船主將後艙稍作改裝，原來臺階的位置新設一張床，前後再各借一點空間，總共竟然能擺下三張床；再用木板將前後上下加以隔絕，裱上紙，就是一間獨立的睡房。這樣一來，就算是遠航也不再嫌船窄了。一般貧寒之家，房間少而人口多，不妨試試這個辦法。我們夫婦倆寄居揚州時，房子也很小，只有兩間屋，我照著這個辦法改裝之後，有了上下兩間臥室，與廚房、客座之間也都是隔絕的，並且空間綽綽有餘。芸笑道：「這樣一改裝，布置出來倒是蠻精巧，但終究沒有富貴人家的氣派呀！」可不是嘛！

我去山上掃墓時，揀了一塊具有山形紋理和觀賞價值的黃石，回來與芸商議道：「在白石盆上疊宣州石，都以油灰做膩子，因為宣州石是白色，油灰也是白色，所以無妨。而本山的黃石雖然古樸，也用油灰做膩子的話，這黃白相間的，黏結的痕跡不都暴露出來了嗎？」芸說：「要不找些差一點的黃石，搗成粉末，趁著油灰未乾時，把所有拼縫都給撒上，等灰油一乾，沒準顏色就一樣了呢？」

就按她說的，在一隻宜興窯的長方形石盆上，我用本山黃石疊出一盆假山，左邊傾斜而右翼突起，背面石紋橫呈，很像倪雲林的枯石皴法，巉巖凸凹，宛若臨江的石磯。盆中空出的一角，則鋪上河泥，種白萍千瓣。石上種的則是蔦蘿，俗稱雲松。我花了好幾天工夫才做完。到了深秋，蔦蘿的枝條蔓延到了整座石山上，看上去像是長長的藤蘿從峭壁上垂掛下來；而蔦蘿花開正紅，白萍也浮出水面綻放，好一個紅白相間，令我神遊不已，恍若登上了蓬萊仙島。我將它放在屋簷下，沒事便與芸一塊品評：這一處最適合蓋水閣，這一處最適合豎草亭，這一處最適合刻上幾個字，就刻「落花流水之間」吧，這裡可以居住，這裡可以釣魚，而站在這裡則可以遠眺……內心裡描繪出種種意境，就好像我們真的決定搬進這盆景裡去住了一樣。

一天晚上，幾隻貓為了爭食，從屋簷上摔下來，連盆景及架子，頃刻間被砸得稀碎。我嘆道：「我做這麼個小玩意兒自娛自樂而已，難道這也觸犯了天條嗎？」說完，兩人都不禁落淚。

靜室閒居，焚一焚香，可以平添雅趣。芸曾將沉香、速香放在飯鍋裡蒸透，在爐上放一個銅絲架，離火半寸左右，再將香擱到架子上慢慢烘烤，幽香素淡，且無明煙。

佛手最怕醉漢探鼻狂嗅，容易腐爛；木瓜最怕出汗，一出汗，須立刻用水清洗；倒是香櫞，百無禁忌，最好供。佛手、木瓜也都有供法，具體如何，筆墨難描。經常有人將供好的佛手、木瓜隨手拿起，聞完又隨手一放，一看就是不懂供法的。

我閒居的時候，案頭瓶花不斷。芸說：「你插貯的瓶花，無論風晴雨露，都包括在內了，可謂是濃縮了大自然的精粹，幾近『入神』的境界啦！可是別忘了，大自然中還有各種蟲子也貪戀花香，而繪畫中就有寫意草蟲這一路數，何不仿效一二？」我說：「蟲子能跑能跳，又不能限制它的自由，這怎麼能仿效呢？」芸說：「辦法倒是有，只不過太殘忍了，怕你良心不安。」我說：「說說看嘛。」「捉幾隻螳螂、蟬、蝴蝶之類的昆蟲，用針刺死，反正蟲子死了又不會變色，還跟活的一樣；將細絲往它脖子上一套，繫在花草上面，再擺弄它的腿，讓它抱緊枝條也好，踩在葉子上也罷，總之擺出各種姿勢，栩栩如生，你覺得可好？」我聽了特別高興，照著她說的方法去做，凡是看了的人無不稱絕。而現在的女子，恐怕難有這樣的慧心了。

我和芸寄居在無錫華家的時候，華夫人讓她的兩個女兒跟著芸學識字。因為是在鄉間，院子非常空曠，盛夏烈日灼人，芸便教這一家子製作活破圖，製法甚是巧妙。每扇屏，先用長約四五寸的木梢兩根，做成矮條凳的樣式，只不過沒有凳板，代以四根橫木，寬約一尺；將「凳」的四個角都鑿上圓孔，然後每個孔裡各插上一根竹子，編成一個立體的屏風，高約六七尺；用砂盆種上扁豆，架在屏風內的橫木上，讓豆藤沿著竹子彎彎扭扭往上攀緣，爬滿整個屏風。這樣一扇屏風，兩人就能輕易移動，多編幾扇，迂迴曲折，隨意組合擺放，恍如綠蔭滿窗，既能蔽日又能透風，裡面的植物還能隨時更換，故取名「活花屏」。此法特別適合鄉下，因為各種藤本香草漫野皆是，遍地可取。

我有一位朋友魯半舫，名璋，字春山，擅長松柏及梅菊寫意，工隸書，兼工刻章。我寄居在他家的蕭爽樓有一年半之久。蕭爽樓共有五間房，坐西朝東，我住其中三間，視野開闊，不管陰天晴日，還是颳風下雨，都能遠眺。庭院中有一株桂花，清香撩人。也有迴廊，有廂房，環境十分幽靜。

我搬去的時候，只有一名男僕、一個老媽子，帶著他們的小女兒一道相隨。男僕會裁縫，老媽子會紡織，於是芸刺繡，老媽子紡織，男僕則給人做成衣，以供日常開銷。朋友們知道我窮，每次都自行帶酒來，而我又素來好客，他們來了我就開心，就連小酌幾杯也要行酒令。芸善於炒幾個家常小菜，瓜蔬魚蝦，一經她的手，便特別好吃。再加上我比較愛乾淨，家裡一向整潔，而且在我這裡儘可以拋開拘束，放浪形骸，所以大家都喜歡聚在這裡，來了就不想走，經常一聚就是一整天。

當時有楊補凡，名昌緒，善人物寫真；袁少迂，名沛，工山水寫意；王星瀾，名岩，工花卉翎毛。這幾位特別喜歡蕭爽樓的幽雅，每次都是帶著畫具過來，使得我也有機會跟著他們學繪畫、寫書法、刻圖章，而因此賺得的一點潤筆，我也會交給芸，讓她備好茶酒款待客人，好陪著他們整日品詩論畫而已。

還有夏淡安、夏揖山兄弟，繆山音、繆知白兄弟，以及蔣韻香、陸橘香、周嘯韋、郭小愚、華杏帆、張閒憨諸君子，都把我這裡當成自己家一樣，不請自來，不送自去。有時候芸不得不摘下首飾拿去換酒，但從來都不動聲色，因為她知道，良辰美景，不應辜負。如今我與諸君子們天各一方，風流雲散，芸也已經埋入了黃土，而往事仍歷歷在目，不堪回首啊！

蕭爽樓有「四不准」：不准談官場升遷、不准議公務時政、不准做八股文、不准賭牌擲色，違者必罰酒五斤。也有「四德」：慷慨豪爽、風流儒雅、落拓不羈、澄靜緘默。

夏天閒來無事，便組局考試對詩，每局八人，每人押銅錢兩百文。先抽籤，抽到第一的，就坐在一旁當主考官，抽到第二的負責謄錄，也可以先就座。其餘六人當考生，到謄錄處領一張白紙，各自蓋上名章。主考官出題，題目是一句五言、一句七言，定好時限，即焚香計時。考生們只能站著答題，允許自由走動，但不得交頭接耳，對上來後將答卷投入木匣內，才可以坐下。為了杜絕主考官徇私枉法，要等所有考生都交完卷之後，由負責謄錄的人開匣取卷，並將所有答案謄錄在冊，再轉呈主考官。主考官會從十二聯對句中錄取六聯，其中五言三聯，七言三聯，再從這六聯中決出前兩甲，由第一名擔任下一局的主考官，第二名負責謄錄。兩聯都沒有被錄取的，罰錢二十文；只有一聯被錄取的，少罰十文；沒在規定時間內對上來的，加倍處罰。每考一場，給主考官的錢都是一百文，一天可以考十場，那就是一千文，酒錢管夠了！芸作為官生一塊參加考試，且額外准許她坐著答題。

楊補凡給我們夫婦畫過一張肖像，確實很傳神。在一個月明之夜，星瀾帶著幾分醉意，看著月光照在牆上，映出蘭花的影子，甚是清幽別緻，不覺一時興起，拉著我說：「補凡能給你畫肖像，我也可以給你畫一張蘭花圖！」我笑了笑說：「這花像跟人像能比嗎？」星瀾也不說二話，拿起白紙鋪在牆上，照著蘭影就畫！其用墨濃淡有之，雖然算不上完整的畫作，但蘭葉那冷清疏朗的神態，卻從這寥寥數筆中透出了紙面，即使白天看來，儼然有月下之趣。芸大愛，眾人也紛紛題詩稱頌。

蘇州的南園和北園是看油菜花的好去處，只是一點不好，那裡沒有酒家可以供客人小酌。如果自己帶酒菜的話，到那裡就冷了，非得對花冷飲，便太沒意思。也有人提議可以找一間最近的酒家，還有人提議看完花回來再喝，然而終究不如對花熱飲來得痛快。正當大家提議了半天也沒個主意時，芸笑著說：「明天你們只管湊錢買酒，我自會挑著爐火送到那裡去。」眾人笑道：「就這麼說定了。」

等他們一走，我便問她：「你真的打算把爐子挑過去嗎？」芸說：「當然不是。我看外面那些賣餛飩的，都是把鍋啊、灶啊挑在肩上，走街串巷地吆喝叫賣，何不出點錢僱他跑這一趟呢？我先在家裡把菜都燒好了，齊齊整整地打好包，到了那裡只管下鍋炒熱，豈不容易些？煮茶、暖酒，亦很方便。」我說：「酒和菜倒是方便。可是茶要拿什麼煮？」芸說：「帶個砂罐過去，罐柄處串上鐵叉。到時候，將餛飩擔子上的鐵鍋一撤，握著鐵叉將砂罐懸在灶上，便可以燒柴煮茶了，這不是很方便嗎？」我拍了拍手，連聲道好。

街頭就有一個賣餛飩的，姓鮑，給了他一百文佣金，約好第二天午後同往。他欣然接受。

翌日，看花客們都在我家集合，我將芸的計畫說給他們聽，全都佩服得五體投地。飯後，大家帶上席墊，一同出發了。到了南園，選在柳蔭下坐成一圈，開始煮茶。喝完茶，便燙酒的燙酒，做菜的做菜。正是風和日麗，遍地油菜花，開得金燦燦的；男男女女的遊客們，穿行在花田間的小徑上；而蝴蝶、蜜蜂，飛來飛去，激動不已。酒還沒喝呢，光是看著，就醉了。等酒菜齊備，我們坐在地上大吃。那挑擔賣餛飩的，倒不像一般的市井凡夫，便拉著他一塊兒喝了幾杯。走過的遊人見了，都羨慕我們會玩。吃完飲罷，大家有點飄飄欲仙，坐的坐，躺的躺，或唱歌，或長嘯，皆怡然自得，忘乎所以。不知不覺，殘陽如血，日之將盡矣。這時，我想吃粥，賣餛飩的馬上去買了米來煮，大家吃得飽飽的才回去。

芸問：「今天玩得開心嗎？」

「盡興極了，這都是夫人的功勞啊！」說完，眾人大笑而散。

貧寒之家的衣食起居、器皿置辦、房間裝飾，都應該以「雅潔」為前提盡量省儉，怎麼個省儉法？我舉幾個例子就明白了。

我平素只愛小酌，菜多無益，有幾碟下酒就行。於是芸便特意為我置辦了一個梅花盒：嵌二寸白瓷深碟六隻，如梅花形排列，中間一隻為花蕊，外邊一圈五隻為花瓣，盒身漆成灰色，盒底、盒蓋皆鑿有凹稜，盒蓋上還做了柄，狀若花蒂。置於案頭，像一朵從水墨畫裡走出來的梅花，揭開蓋子一看，裡面有幾樣精緻小餚，彷彿裝在潔白的花瓣上。雖然小巧，一盒之中也有六味不同的菜餚，三兩知己可以隨意取食，吃完還可以再添。這不是省儉食物的極佳例子嗎？另外再做一隻矮邊圓盤，用來放置杯筷酒壺之類。隨處可擺，方便挪動，拾掇起來也不費事。

我的小帽、衣領、襪子，都是芸自已做的。我穿破的衣服，芸都拿去拆東補西，再穿時一定又是整整潔潔，十分得體。衣服顏色多選深色，更耐髒，且各種場合都穿得出去，居家訪客兩相宜。此為服飾方面省儉的例項。

剛搬到蕭爽樓的時候，嫌室內光線太暗，於是用白紙裱牆，一下子就亮堂了。夏天炎熱，把樓下的窗櫺都取了透風，可是沒有欄杆，總覺得空洞洞的，看上去彆扭。芸說：「不是有一張舊竹簾嗎，何不拿它來替代欄杆？」我說：「那要怎麼弄呢？」她說：「找幾根深色的竹子，先橫豎各搭一根，留出一條過道。橫竹的高度與桌子齊平，剪一截舊竹簾下來，搭在橫竹上，垂至地面。中間豎四根短竹，用麻線將其與橫竹一齊紮緊固定，再找一條舊的黑布條，將簾與橫竹一塊兒裹緊縫上。如此，既可遮攔又可裝飾，還不用花一分錢。」這又是省儉之一例。古人說竹頭木屑皆有用，從這個例子來看，確實如此啊。

夏天荷花初開時，入夜含苞，早晨綻放。芸有小紗囊，包茶葉少許，放置在花心，待翌晨花醒時取出，用煮沸的天泉水一泡，香韻絕倫。

坎坷記愁

是什麼，造成了人生的坎坷？往往是自作孽。而我不是。我的人生之所以坎坷，是因為我為人講感情、重承諾、性爽直，且不喜歡受人擺布，結果反而深受其苦。況且我父親稼夫公素來行俠好義，為人十分慷慨，幫人嫁女、替人養兒，像這樣的義舉，十個手指頭都數不過，一輩子都是在急人之難、成人之美，揮金如土都是為了他人。而我們夫婦住在家裡的時候，偶爾有急需用錢的地方，卻只能靠著典當來挺過難關。剛開始還能拆東牆補西牆，很快就捉襟見肘了。俗話說得好：「處家人情，非錢不行。」開始還只是被小人非議，漸漸地，就連家人也開始怪罪起我們來。「女子無才便是德」，真乃千古至理名言哪！

我雖是家裡的長子，在家族中卻是排行老三，所以全家上下都叫芸一聲「三娘」。不知從什麼時候起，大家忽然改口叫起「三太太」來，起初可能是開玩笑吧，叫著叫著就習慣了，無論長幼尊卑，都是「三太太」、「三太太」地叫她。後來的家庭變故，難道從那時起就已經有了預兆？

乾隆乙巳年，我隨侍家父到了海寧衙署。家裡每寫信來，芸都會附一封小函給我，父親說：「既然兒媳婦識字，就讓你母親把寫家信的事託付給她好了。」後來，家裡偶爾有些閒言碎語，母親都懷疑是她用語不當造成的，便不再讓她代筆了。父親看到來信不是芸的筆跡，就問我：「你媳婦病了嗎？」我於是寫信去問她，也不回。時間一久，父親便生氣了，說：「我看你媳婦就是不屑於代人捉筆吧！」等我回到家裡，問出事情的原委，本來想向父親解釋清楚的，卻被芸急忙制止，她說：「寧願受公公責怪，也不要讓婆婆不喜歡。」就這樣，連解釋也不去解釋。

庚戌年春，我又隨侍父親至邗江衙署。他有一名同事俞孚亭，攜女眷同住，父親跟他說：「我辛苦了一輩子，常年在外漂泊，想找個能照料我生活起居的人都沒有。這也是兒輩們不懂事啊，真的會體察老人家心意的話，就應該從老家物色一個人過來，畢竟說的都是家鄉話。」孚亭又將這番話轉述給了我。

我當即密信給芸，叫她託媒人物色，媒人推薦了姚氏。姚氏來的時候，芸因為還不知道這事能不能成，所以沒有將實情告訴我母親，只是藉口說是她老家鄰居的女兒，過來遊玩的。等到父親讓我接她去邗江衙署時，芸又聽信旁人的點子，謊稱是我父親一直中意的女子。母親見了姚氏，問芸：「這不是你鄰居的女兒，來遊玩的嗎？怎麼還娶了她呢？」從此，芸連婆婆的好感也一併失去。

壬子春，我遊幕於真州。父親病於邗江，我前往探望時也一塊病倒，當時正好是我弟弟啟堂隨侍父親身旁。芸寫信來說：「啟堂弟曾向鄰婦借貸，請我做的擔保，現在鄰婦向我索債甚急。」我問啟堂，啟堂反說是「嫂子多事」。我便在信末批覆：「父親和我都還病著，沒錢拿去還債，等啟弟回去之後，讓他自己解決好了。」

沒過多久，父親和我病癒，我便返回真州了。芸不知情，仍寄信到邗江，父親拆信一看，裡面除了敘及啟弟和鄰居的債務一事，還有這樣一段話：「令堂認為老人的病，都是因為姚姬而起。現在公公病癒，你可暗中囑託姚，叫她以想家為藉口先回去住一段時間，我會讓她的父母到揚州去接她。這個辦法可使兩方面都免於擔責。」

父親看罷此信，大怒，立刻喚來啟堂質問其向鄰居借錢之事，得到的回答是「不知此事」；於是寫信訓斥我：「你媳婦背著你借債，又讒言誹謗小叔子，還稱婆婆為『令堂』，管我叫『老人』，簡直荒謬透頂！我已派人持密信回蘇州去將她逐出家門，你要是還有人性的話，也該好好反省自己的過錯！」我接到此信，如聞晴天霹靂，趕緊老老實實地寫信認罪，然後找來快馬全速趕回蘇州——我是擔心芸會尋短見啊！到了家裡，將事情的始末說給芸聽，而家僕還是拿著父親的密信來了，信中將她的所有罪狀都罵了一遍，話說得非常決絕。

芸哭著說：「我是不該胡說八道，但公公他就不能原諒我的婦人之見嗎？」

幾天後，父親又來通道：「我不想把事情做得太絕，只要你帶著你媳婦出去住，讓我眼不見為淨就好了！」我便讓芸暫且回娘家去住。可是，芸的母親已故，弟弟又離家外逃，芸也不願回去麻煩族人。幸虧好友魯半舫得知此事後深感同情，便叫我們夫婦搬到他家的蕭爽樓去住了。

過了兩年，父親漸漸了解了事情的原委。那時我正從嶺南回來，父親便親自來了一趟蕭爽樓，對芸說：「之前的事情我都知道了，你要不還是回來吧？」我們頗感欣慰，又搬回了家裡，這才與家人團圓。

誰知又遇上了憨園這麼一個孽障！

之前，芸弟克昌出逃在外，芸母金氏思念成疾，乃至病逝。從那時起，芸就一直有吐血的症候，正是因為悲傷過度而導致的。自從結識憨園之後，芸竟像得著良藥一樣，有一年多的時間沒發過病。我當時還暗自慶幸。後來，憨園被有錢人奪走，光是給她的聘金就有一千兩，還許諾贍養她母親。心心念念的美人就這樣成了別人掌中的玩物，我一時還不敢說給芸知。

芸知道這事，是因為有一次她去探望了憨園。回來就哭了，對我說：「怎麼也想不到憨園是這樣薄情寡義的人！」我說：「是你自己痴情而已，幹她們這一行的有什麼情義可言？再說，她已講慣了排場，就算肯嫁到我們家來，每天粗茶淡飯的，也未必能安分啊。與其到那時再反悔，還不如她現在就失信。」如此再三撫慰，芸仍恨不過自己被人愚弄，竟憂鬱翻病、吐血不止，從此病榻長臥、虛弱不堪，吃什麼藥都沒用，病情反反覆覆，時好時壞，身體消瘦得不成人形。幾年下來，我們負債越來越多，眾人的議論也越來越難聽。家中老人又因為芸和妓女結拜一事，對她的態度也是越來越憎惡，我成天被夾在中間調停，想死的心都有。

我和芸生有一女，名叫青君，當時已經十四歲，非常知書達理，又很賢惠能幹，典當衣服首飾這類事情，多虧有她操勞。小兒子名叫逢森，時年十二，正跟隨老師讀書。

我連年失業，便在家裡開了間書畫鋪，三天的進帳抵不上一天的開銷，整天焦慮煩惱，日子過得實在窘迫。隆冬臘月，身上沒一件厚衣服，只好硬撐著，捱過一天算一天；青君穿著單衣，凍得雙腿直抖，嘴上硬說「不冷」。眼看家境到了這步田地，芸堅決不肯再吃藥就醫。病情偶一好轉，能下床活動了，又剛好遇上給福郡王當幕客的朋友周春煦回來一趟，想請人繡一部《心經》，她想著繡經可以消災降福，而且人家開出的價錢也很豐厚，竟攬下了這個工作。而春煦因為這次回來不能久待，就只給了十天時間讓她繡完。芸的身體本來就很虛弱，現在可好，又猛地操勞數日，便落下了腰痠頭暈的新毛病。誰料她命薄至此，就連佛祖也不肯對她慈悲！繡完經之後，芸的病情愈發嚴重，只能躺在病床上靠人照料，不但家裡老人，就連僕人們都討厭她了。

當時有個陝西人在我的畫鋪邊上租了間面門，做放貸的營生，他請我給他畫過一幅畫，所以和我也算是認識。後來有朋友想從他那裡借五十兩銀子，求我給他做擔保。礙於情面，我只好答應，結果這傢伙竟然捲款跑了。陝西人只管找我要錢，三天兩頭就來叨擾我。開始我還能以筆墨抵債，慢慢地就沒東西可抵了。到年底，父親回家來住，陝西人又上門催債，在外面大聲嚷嚷。父親聽到後，將我叫去斥責：「我們好歹是文人世家，怎麼能欠這種下三爛的債！」

我正欲跟父親說明緣由，芸的一位從小拜結的姐姐 —— 錫山的華夫人，聽說芸病了，專遣人來問候。父親誤以為是憨園派來的人，便愈加惱怒了，說：「你媳婦不守閨訓，和娼妓誓盟結拜；你也不學好，盡與下三爛為伍。要不是於情不忍，就是把你打死也不為過。限你三天之內，自己想辦法解決，要敢晚一天，看我不到官府去告你一個忤逆之罪！」

芸聽說後，哭道：「這都是我造的孽，害你觸犯父怒！只要能讓你安心離開，我可以一死，但我知道你不忍心；可我不死的話，你又肯定捨不得拋下我而去。這樣吧，你偷偷地叫華家的僕人進來，我好歹下床問一問看。」於是叫青君將她扶出臥房。

華家的僕人來了，芸問道：「是你家主母派你專程過來的嗎？還是順路來看看？」僕人回答說：「是主母聽說夫人臥病在床，本想親自探望的，因為從未登門拜訪過，所以不敢造次。我來之前，主母特別囑咐：『如果夫人不怕我們村舍人家怠慢，請她不妨到鄉下來調養，也好讓我兌現兒時燈下許過的諾言。』」原來芸與華夫人曾在少女時代共同許下過「疾病相扶」的誓言。芸便叮囑僕人道：「勞煩你速去稟告你家主母，兩天後祕密派船來接我。」

僕人出去後，芸對我說：「華夫人與我結拜姐妹，情逾手足，你若肯去她家，不妨同行，但兒女既不方便帶去，也不好留在家裡給老人添麻煩，所以這兩天就必須安頓好才行。」

我表兄王藎臣有個兒子，名韞石，一直希望青君嫁到王家做兒媳婦。芸說：「聽說王家這孩子懦弱無能，頂多能守住家業就不錯了，而王家又無業可守。幸好有一點，他家也算是詩禮之家，而且他又是獨子，將青君許配給他，倒也可行。」

於是我去找了藎臣，跟他說：「我父親和你是舅甥，你想要青君當兒媳，想必他老人家也不會不答應。但現在的情勢如此，我沒辦法把她養大再嫁到你家。我們夫婦到錫山之後，你就去稟知我父母，先把青君接到你家做童養媳，你看如何？」藎臣歡喜道：「謹遵命。」

我又委託好友夏揖山，讓他幫忙推薦逢森去跟人學做買賣。

兒女都安頓好後，華家的船剛好也到了，我還記得那是庚申年臘月二十五日。芸說：「我們就這樣出去的話，不但鄰居看了會笑話，陝西人沒拿到錢，恐怕也不會放我們走。必須明晨五更悄悄地走才行。」我說：「凌晨冷，你生著病，受得了寒嗎？」芸說：「死生有命，無須多慮。」我去稟告父親，他也認為芸說得有道理。

這天夜裡，我們事先將不多的行李都挑到船上，又讓逢森先去睡覺，青君則垂淚陪在母親身旁。芸叮囑她說：「你母親命苦，又偏偏是個情痴，所以才會遭此困頓。幸好有你父親照顧我，這次離家也沒什麼好擔心的，兩三年之內，必定讓全家團聚。你到了你家之後，一定要守婦道，不要像你母親一樣。你的公公婆婆都以能娶到你為幸事，自然也會對你好。我們留下來的箱子物件，都是給你帶去王家的。弟弟年幼，所以最好先別告訴他實情，就跟他說此去是為治病，過幾天便回來。等我們走遠之後，再告訴他吧；也去稟告祖父一聲。」

旁邊站著的老媽子 —— 就是前卷中將自家房屋租給我們消暑的那位，她願意送我們去錫山鄉下，所以這時便陪在芸的身邊服侍她 —— 也不停地抹眼淚。

快到五更時，熱了些粥大家一塊兒吃了。芸強顏笑道：「當年也因一碗粥，我們便在一起了。而今天吃完這碗粥，卻要與子女離散。如果寫成戲曲的話，我看可以叫《吃粥記》呢。」逢森聽到聲音，也從床上爬起來，哼哼著：「阿母去哪？」芸說：「離家去看病。」逢森又說：「看病要起這麼早嗎？」芸說：「因為路遠呀。你和姐姐在家好好聽話，別惹祖母生氣。我和你父親一道去，過幾天就回。」

這時聽到公雞打鳴，芸淚眼婆娑地扶著老媽子，開了後門正準備走，逢森突然大哭起來：「嗚！我阿母不回來了！」青君怕他將鄰居驚醒，急忙捂住他的嘴巴，用好話哄他。

那一刻，我倆已肝腸寸斷，除了「別哭」二字，竟無語凝噎！

青君關上門後，芸走出巷子才十幾步，就累得走不動了，於是讓老媽子提燈，我來揹著她走。快到船上時，還差點被巡邏的人給扣起來，幸虧老媽子指認芸是她病重的女兒，我是她女婿，且船上都是華家的工人，聽到動靜馬上就過來接應了，這才得以順利登船。船離岸之後，芸才開始放聲痛哭。誰知這一去，母子竟成永訣！

華家主人名叫大成，住在無錫的東高山，面山而居，種田為業，人非常樸實。他的妻子夏氏，便是芸的結拜姐姐。

這天午後，終於抵達華家。華夫人早已扶著門望眼欲穿，我們一靠岸，她就帶著兩個女兒來到船上，與芸相見甚歡，趕緊將她扶下船來，迎到家裡殷勤款待。左鄰右舍的女人們帶著小孩子鬧鬧哄哄湧了進來，用目光將芸圍住，相互交頭接耳，或問東問西，或嘖嘖嘆惜，滿屋子就聽到他們在嘰嘰喳喳。芸對華夫人說：「今天真是捕魚人入了桃花源了。」華夫人說：「妹妹莫笑，鄉下人少見多怪罷了。」便住在她家，安心過完了年。

到元宵節，正好是二十天，而芸漸漸能下床走路了。元宵節晚上，在打麥場上看燈籠，我見她氣色不錯，像是有好轉的跡象，這才放下心來。於是和她商議說：「我住在這裡也不是長久之計，想去別的地方又沒有盤纏，怎麼辦呢？」芸說：「我這些天也在想這事。你姐夫范惠來不是在靖江鹽公堂當會計嗎，他十年前曾跟你借過十兩銀子，當時我們的錢也不夠，還是我把首飾當了才湊齊的，你還記得嗎？」我說：「不記得了。」芸說：「我聽說靖江離這裡不遠，你要不去走一趟？」我依言而行。

第二天，也就是辛酉年正月十六日，我出發了。那天的天氣挺暖和，我只穿了一件織絨袍和一件嗶嘰短褂，還覺得很熱呢。當天夜裡，就在錫山的客店租了床位和被子胡亂睡了一覺。翌晨起床，搭乘去江陰的客船，一路都是逆風，半路上還下起了毛毛雨，直到夜裡才抵達江陰江口，扛不住春寒刺骨，於是去買酒來暖身，結果把錢給花光了。為了第二天渡江的船費，我整夜思來想去，最後決定把裡衣給當了。

到了十九日，北風颳得更猛，還下起了大雪，心裡那叫一個淒涼！我不禁淚洗愁容，暗自算了算房錢和船費，酒是不敢再喝了。正冷得發抖，客店裡進來一位老翁，草鞋氈笠，身背黃包，眼睛一直盯著我看。我看他也好像有些眼熟，我說：「老人家可是泰州人，姓曹？」他答道：「是的。要不是因為恩公，我早就橫屍野外了！如今小女安然無恙，還時時惦記著恩公的德澤呢，沒想到今天就在這裡遇上了。你因何事逗留於此呢？」

原來我在泰州做幕時，那裡有一戶曹姓人家，出身輕賤，他家有個漂亮的女兒，已經定了終身。而當地有權勢的人故意放貸給他，其實就是為了打他女兒的主意。這事後來還鬧到了官府，是我從中出力，使得女孩仍嫁給了原來許配的人家，而曹老漢也因此投身官府做了衙役，少不了對我磕頭感謝。我們就是這樣認識的。

我便將我如何從錫山出來投靠親戚，又如何在半路上遇到大雪都告訴了他。曹說：「明天天晴，我正好順路送你一程。」說完，他去買了酒來，與我親密交盞。

二十日晨，報曉的鐘聲剛一敲響，便聽到江口喊渡，我從床上驚起，又趕緊將曹叫醒。曹說：「別急，先把肚子填飽再登船。」於是幫我付清了客店的房錢和飯錢，又拉著我到街上去吃。我因為已經連著耽擱了幾天，著急趕路，便沒什麼心思吃，只勉強吃了兩枚麻餅。

上了船，江風如箭，吹得我四肢發顫。曹說：「我聽說，有個江陰人在靖江上吊死了，他妻子僱了這艘船去斂屍，所以必須等她來了才會開船。」於是空著肚子，吹著冷風，等到午時才解纜發船。抵達靖江，已經是傍晚時分。

曹說：「靖江有兩處公堂，你要找的親戚是在城內呢，還是城外？」我踉踉蹌蹌地跟在他身後，邊走邊答道：「說實話，我真不知道他在城內還是城外。」曹說：「這樣的話，先投宿一晚，明天再去找他得了。」進了旅店，鞋襪盡是淤泥，早已溼透，於是向店家要來火盆烘乾。人已經疲憊不堪，胡亂吃了一點酒菜，便倒頭酣睡。早晨起來，襪子已經燒掉一半。又是曹幫我付的食宿費。

找到城內的公堂，惠來還沒起床，聽說我來，披了件衣服就出來了。見到我的樣子，驚愕道：「小舅子何以狼狽至此？」我說：「先別問這個，你有錢就先借我二兩，我好打發一路上送我過來的人。」惠來掏出二圓番銀給我，我接過來便轉授給曹。曹極力推卻，最後只收了一圓而去。

我歷述一路上的遭遇，並表明了來意。惠來說：「這麼親的親戚，撇開欠你的舊債不說，我也當盡全力幫忙。但沒辦法啊，最近我們在海上的鹽船遇盜，眼下又是盤帳的節骨眼，所以你要得多的話還真沒有。這樣吧，我會想方設法勉強湊個二十圓番銀給你，就當是償還舊債，如何？」我本來就沒怎麼奢望，便答應了他。惠來又留我住了兩日，天一放晴變暖，我便回來了。

回到華宅已是正月二十五日。芸說：「你遇上下雪了嗎？」我告訴了她一路上都吃了哪些苦頭。芸悲戚地說：「下雪的時候，我想你應該到了靖江，誰知你還在江口滯留！幸虧遇上曹老，絕處逢生，也算是吉人天相了。」

過了幾天，接到青君的來信，得知逢森已經被揖山引薦到店鋪裡當學徒了，而藎臣向我父親提親之後，也已經擇在正月二十四日將她接到了王家。兒女的事情，大體上不用我們操心了，但骨肉分離，總還是令人悲傷。

二月初，日暖風和。我拿著惠來給的銀子簡單地置辦了兩套行裝，去了趟邗江鹽署拜訪舊交胡省堂。不久，貢局的幾位司事推薦我入局，代為抄錄公文。身心總算稍微安定下來。

到了次年八月，芸來信說：「病已痊癒，只是寄居在非親非友之人家裡，終覺非長久之計。願來邗江與你會合，也趁機一睹平山勝景。」我便在邗江先春門外租了兩間河邊的房屋，然後親自到華家去接芸來住。華夫人將她的小奴僕阿雙送給我們，專門負責買菜做飯，並與芸約定來年來日比鄰而居。

這時已是十月，平山一派淒涼冷清，只好期待明年春天再遊。滿以為從此能讓芸靜心調養一陣，然後再努力使一家團圓。然而不到一個月，貢局裁員，一下子裁掉十五名司事，我是「朋友的朋友」，所以也在開除的名單裡。

芸開始還替我想這個辦法、想那個辦法，強作歡顏地安慰我，從未有過半句怨言。到了癸亥年仲春，她吐血的舊疾復發。我又想著到靖江去求助惠來，芸說：「求親不如求友。」我說：「雖然是這個理，但我那些近友現在也都失業了，自己還顧不過來。」芸說：「幸好天氣已暖，不用擔心又被大雪困在路上，你正好速去速回，不要擔心我的病。你要是也病倒了，我的罪孽就更重了。」

當時薪水已經停發，為了讓芸寬心，我假裝答應她僱頭騾子騎去，實際上則是帶上乾糧走著去的。沿著東南方向，兩次橫渡叉河，路上約有八九十里，四望寥無村落。過了一更天，只見漠漠黃沙，星辰閃閃，在路邊遇到一座土地祠，就是用四堵短牆圍起來的，高約五尺多，旁邊種了兩株柏樹。

於是向土地神磕頭拜道：「蘇州沈某，投靠親友，至此迷路，欲借神祠一宿，感激仙人憐佑。」說完，將小石香爐移到一旁，探身往裡面鑽，只能容下半個身子；便將帽子反戴蓋住臉，半個身子坐在裡面，膝蓋以下全露在外，閉目靜聽，只有輕微的風聲而已。走了一天，早已腳乏體困，不久便昏然睡去。醒來時天已微亮，聽到牆外有人走路說話的聲音，急忙出來探視，原來是村民趕集路過此地。我向他們問路，回答道：「南行十里便是泰興縣城，穿過縣城往東南方走十里，有一個土墩，繼續往前走，經過八個土墩就到靖江了，都是平坦的大路。」

我轉身將香爐移回原位，又道謝磕頭完才走。過了泰興，就有小車可乘，申時即抵達靖江。投遞名帖之後，等了很久，看門人說：「范爺到常州出公差去了。」察其神色，似有推託之意，便追問：「哪天回來？」回答說：「不知道。」我說：「就算要一年才回，我也等他。」看門人見我態度堅定，便悄聲問道：「你說你是范爺的小舅子，是嫡親的嗎？」我說：「若非嫡親我也不會等他回來了。」看門人說：「那你且等他回來。」過了三天，才告訴我說范爺回來了。這次共借得銀子二十五兩。

急忙僱了騾子騎回去，芸正一臉愁苦，哭哭啼啼。見我回來，猝然說道：「你知道嗎，昨天中午阿雙捲了東西逃走了！請人到處去找，至今還杳無音訊。東西丟了是小事，這人是他主母親手交給我的，臨行前還對我託付再三；如今他要是逃回家去，路途中河道險阻，就已經很令人擔憂了，就算平安回到家裡，要是他父母將他藏起來，反倒敲詐我們一筆，那可如何是好？而且，我將來又有何臉面去見我姐姐啊？」

我說：「先別急，你真的是多慮了。要敲詐也是敲詐有錢人，我們夫婦有什麼——肩上扛了一張嘴而已。況且帶他來了這半年，也沒凍著他，也沒餓著他，也從未有過絲毫打罵，這些，鄰居們也都是知道的。實在是這小奴才自己沒有良心，乘我們危難之時，偷了我們的東西跑了。至於華家姐姐，她既然送給你一個賊，應該是她沒臉見你才對，你怎麼反而說沒臉見她呢？如今只需到衙門去報案，以防後患即可。」

聽我這麼說，芸似乎稍覺釋然。但是從那之後，她便開始說起了胡話，夢中時常驚叫「阿雙逃了」，或喊「憨園為何負我」，病情也日益嚴重了。

我想延醫診治，芸勸阻道：「我的病因弟弟逃亡、母親病逝，過度悲痛而起，繼而為情所感，接著被憤恨所刺激而加重。而我平時又總是過於多慮，一門心思地要努力做個好媳婦，卻總也做不到，以至於頭暈、怔忡等各種病症都來了，所謂病入膏肓，再好的醫生都無力回天，我求你還是不要花這冤枉錢了。想我跟隨你這二十三年來，承蒙錯愛，百般體恤，不因我頑劣不化而見棄。能有你這樣的知己，你這樣的夫婿，我此生無憾了！如果能溫飽無憂，一家人和和美美，遊山玩水，就像我們在滄浪亭、蕭爽樓那樣，那真的是煙火神仙般的日子了。但神仙幾世才能修成啊，而我何德何能，居然敢奢望成仙？正是因為我強行索求，觸犯了天忌，所以才會深受情魔的折磨。說到底，你是個很重感情的人，只可惜我太薄命啊！」她又嗚咽著道：「人生百年，終歸一死。今天才走到半路上，就要與君長別了，再也不能幫你操持家務，不能親眼看著逢森娶妻成家，我心裡實在不甘啊。」說完，淚如雨下。

我勉強安慰她說：「你已病了八年，有好幾次都奄奄一息了，不也沒事嗎？今天怎麼突然說這些生啊死啊的？」

芸說：「我接連幾天夢到我父母，他們撐船來接我到那邊去，我閉上眼睛，感覺飄然起伏，像是在雲霧中行船，我想這莫非是魂兒從軀殼裡飛走啦？」

我說：「你這是神不守舍，吃點補藥，靜心調養一下就好了。」

芸又嘆道：「我若有一線生機，都不敢用這些話來唬你。

今天實在是已經望到去冥間的路了，如果再不說，就沒有我能說的時候了。你之所以不得父母歡心，以至於顛沛流離，都是由我造成的，我一死，父母親情自可挽回，你也可免於牽掛。父母年紀也大了，我死後，你也好早些回去照顧他們。我的骸骨，如果沒錢，就先不運回家去了，暫時埋在這裡也無妨，等你將來有了錢即可帶我回去。我但願你再找一個德貌兼備之人，和你一道侍奉父母，撫養我兒，我便可以瞑目了！」說到這裡，心痛欲裂，不覺嚎啕慟哭。

我說：「你若真的半路拋下我而去，我斷無再娶之理，更何況 ——『曾經滄海難為水，除卻巫山不是雲』。」

芸便抓著我的手，像是還有話要說，卻只是斷斷續續地重複著「來世」二字，忽然呼吸急促，嘴巴一閉，兩眼瞪視，便千呼萬喚也喊她不應了，唯有淚水兩行，涔涔流淌。不久，氣息漸微，淚漸乾，一魂飛天，竟就此長逝！時為嘉慶癸亥年三月三十日。一盞孤燈，照著我們陰陽兩隔；我舉目無親，雙手空拳，心痛欲裂 —— 此恨綿綿無絕期！

承蒙好友胡省堂捐銀十兩，我再將家中所有東西變賣一空，這才得以親自為芸入殮。

嗚呼！芸一介女流，卻有著男子般的襟懷和才識。自從嫁到我家，我常年在外討生活，芸在家裡粗茶淡飯，而從沒有絲毫介意。我在家裡的時候，她和我談論的也不過是文章詩賦而已。後來她疾病纏身，最終抱憾而死 —— 又都是拜誰所賜？是我虧欠了你啊，我的賢妻，我的閨中良友，我欠你的太多了，說不完道不盡。奉勸世間夫婦，固然不可彼此仇恨，但也最好不要過於情篤。諺語說「恩愛夫妻不到頭」，像我這樣，可作為前車之鑑也。

民間傳言，死者亡魂會在「回煞日」這天跟隨惡煞回來，所以房間裡要布置得與死者生前一模一樣，並將其生前穿過的舊衣鋪在床上，鞋子擺放在床前，等待亡魂回來看一眼 —— 在江蘇的民間，這就叫做「收眼光」。布置妥善之後，再請道士作法，先招魂至床前，後又送走，謂之「接眚」。而邗江民間慣例，還要在死者房間裡擺上酒菜，家人全都出去迴避，謂之「避眚」。還有因為避眚而家財被盜的。

為芸接眚那天，就連房東（因為是住在一起）也出去避眚了，鄰居叮囑我擺好酒菜便出門迴避。我期待能再見芸一眼，所以只是嘴上答應著。同鄉張禹門規勸我道：「因邪入邪，寧信其有，不要貿然嘗試。」我說：「我正是因為信其有，才想在這裡等她。」張說：「回煞之日，若衝犯了惡煞，對活著的人十分不利。夫人的魂即便歸來，也已經是陰陽兩隔，恐怕到時候她站在眼前，你也看不到她的樣子，反倒還衝犯了你應該迴避的惡煞。」

我還是痴心不改，堅持道：「那就聽天由命吧。你如果真的關心我，陪我一起如何？」張說：「我會守在門外。你一發現什麼異常，喊一聲我就衝進來了。」

我掌燈入室，看到屋裡陳設如舊，只是芸音容不復，心裡一陣傷痛，眼淚便湧了出來；又怕淚眼模糊，錯過了想見的芸魂，於是強忍住淚，瞪大了眼睛，坐在床上等。我撫摩著她遺下的舊衣，連她的香味都還在，頓時覺得柔腸寸斷，差點昏迷過去。這時腦子裡一閃念：我在此等芸魂來，怎麼能睡呢？於是又睜開眼睛四處看，看到餐桌上兩朵藍色的燭焰跳了幾下，又漸漸地萎縮下去，我不由得毛骨悚然，渾身打顫。於是趕緊揉了揉眼睛，再細看，兩粒黃豆大小的焰苗又開始慢慢膨脹，最後騰起一尺多高，差點燒到了紙糊的頂棚。

我正趁著火光四顧，忽然，燭焰又縮至之前的大小。我心跳得厲害，雙腿不停地發抖，想叫外面的人進來看，可轉念一想：芸魂柔弱，我怕陽氣太盛會將其逼走。便悄聲呼喚芸的名字，向她禱告，突然一片漆黑，滿室闃靜。不久，燭光又亮了起來，亦不再騰起。我出來之後，將剛才的情形告訴禹門，他只管佩服我膽大，卻不知我其實只是一時情痴罷了。

芸死之後，我因想起林逋「妻梅子鶴」之謂，遂自號「梅逸」。

我暫且將芸葬在揚州西門外的金桂山上，此地俗稱郝家寶塔。買了一棺之地，遵從她的遺言寄柩於此。我將她的牌位帶回蘇州，母親也為她哀悼；青君、逢森都回來了，披麻戴孝，抱頭痛哭。啟堂對我說：「父親的氣還沒消，哥哥最好仍回揚州，等父親歸來，婉言勸解後，他如果肯原諒你了，一定會專門寫信叫你回來的。」

於是與母親、子女告別，痛哭一場，又回到揚州，靠賣畫為生。這樣一來，倒是有了機會常去看望芸娘，在她墓前哭弔，想起自己形單影隻，倍感淒涼；且每次偶經故居，總覺傷心，不忍睹視。重陽日，旁邊的墓地草木枯黃，只有芸的墳上泛著草青。守墳人說：「這是塊好墓，地氣旺啊！」我暗自向芸祈禱：「秋風漸緊，我身上還穿著單衣，你若泉下有靈，保佑我謀一個幕席，至少能捱到過年，好讓我盼來父親的佳音。」

沒多久，江都幕客章馭庵先生欲回浙江葬親，請我代班三個月，這才有錢置辦冬衣。到年關放假時，張禹門邀我去他家住。當時，張也沒有營生，正為過年的銀子發愁，來找我開口，我當即將僅有的二十兩全都給他借去，並叮囑他：「這原本是留著為亡妻扶柩用的錢，一旦家裡有消息叫我回去，你可得還給我啊。」

於是在張家過的年。早盼晚盼，家裡一點消息都沒有，等到甲子年三月，接到青君來信，才知道父親病了。我想立刻趕回蘇州，又怕父親還在生我的氣，正猶豫不決，又接到青君來信，得知父親已經去世。真是錐骨痛心，叫天不應也！我無暇多想，即刻啟程，星夜馳歸，將頭往父親靈前一磕，哀號流血。

嗚呼！我父親一生辛苦，在外奔波，生了我這個不孝之子，不但平日裡沒有盡心侍奉他老人家，就連他生病時，我都不在床前照顧，這個不孝的罪名，我無以為自己開脫啊！母親見了我，哭道：「你怎麼今天才回來啊？」我說：「兒子能回來，還得虧你孫女青君來信相告。」母親望了我弟媳一眼，什麼也沒說。

我在靈堂裡守完「頭七」，都沒有一個人來找我商議父親的喪事，家裡以後將怎樣，也沒有人來知會我一聲。我作為家中長子，自愧未曾盡到孝道，所以也無顏過問。

一天，突然來了一群人向我追債，在門外叫囂。我出來回應道：「欠債不還，當然要催討，只是你們趁著我父親屍骨未寒登門追討，未免也太過分了吧。」中間有一人悄聲對我道：「是有人指使我們來的，你先出去躲些天，我們自會找幕後主使償還。」我說：「是我欠的債，就由我來償還，你們趕緊走吧！」於是一個緊跟著一個，全都走了。

我將啟堂叫來，告訴他：「哥哥雖然不孝，並沒有作惡多端。作為過繼出去的子嗣，我從未繼承過分文家產，這次回來奔喪，也不過是盡到做兒子的本分而已，你以為是為了爭遺產嗎？大丈夫貴在自立，我既然是空手來的，也還是會空手回去！」說完，轉身走進靈堂，放聲大哭。

叩別母親，我又專程去了一趟青君家裡，告訴她我從此將隱遁深山，像古時候的仙人那樣飄然世外。

青君正勸阻時，朋友夏南薰（字淡安）、夏逢泰（字揖山）兄弟循蹤而來，也大聲勸道：「家人這樣對你，確實令人氣憤，但父親死了，母親還在，妻子死了，兒子尚小，就這種情況你還飄然出世，於心何安？」我說：「那你們說我該怎麼辦？」淡安說：「暫時委屈你到寒舍小住，我聽說石琢堂狀元不久前來信，說是即將請假回家一趟，你何不等他回來再去拜謁他，他肯定能給你安排一個差使的。」我說：「我還服著喪，你們的父母老人在家，恐怕還是不好吧。」揖山說：「我們兄弟邀請你去住，其實也是奉家父之旨。你若實在覺得不方便，我家隔壁就有一座禪寺，方丈和尚跟我是老朋友了，你也可以就在寺裡住下，如何？」我點頭答應了。

青君說：「祖父留下的房產，價值不下三四千兩，已經分文不要了，難道自己的行李也有扔掉不要的道理？我這就去拿來，一會兒直接給父親送到寺裡去。」

於是，除自己的行李之外，又額外得了父親留下的幾冊圖書和幾件硯臺、筆筒。

寺裡的和尚將我安置在大悲閣。閣門南向，而佛像則朝向東面。西側有一隔間，設有月窗，正對著佛龕，本來是和尚誦經作法時吃齋飯的地方，我便搭了張床在此住著。靠近大門處，有關公提刀立像，特別威武。院中有一株銀杏，粗大約可三人合抱，濃蔭將整個大悲閣都掩蓋起來。夜深人靜時，風聲如吼。揖山時不時帶酒和果脯來與我對酌，說：「你一個人住在這裡，半夜醒來，難道不怕嗎？」我說：「我一生行得正，從未動過半點齷齪的心思，有什麼好怕的呢？」

沒住多久便遇上傾盆大雨，沒日沒夜地下了三十來天，當時最擔心銀杏樹折斷將屋頂壓塌。好在神明暗中保佑，竟平安無事。而禪寺以外，房屋不知道坍了多少，附近農田裡的禾苗也都被淹了。我則與僧人天天作畫，視而不見，充耳不聞。

到七月初，才雨住方晴。揖山的父親（號蒓鄉）要到崇明去做生意，叫我一塊兒過去，幫他寫寫契據，可得酬金二十兩。歸來後，正趕上父親下葬，啟堂叫逢森來跟我說：「叔父因辦喪事缺錢，想幫他湊個一二十兩。」我打算全都給他拿去，揖山不讓，他自掏腰包幫我分擔了一半。我又帶著青君去了墓地，等安葬完父親，仍返回大悲閣。

揖山在東海的永泰沙有田產。九月底，他帶我一塊兒去收租子，在沙洲上逗留了兩個月，回來已經是臘月，於是又接我到他家的雪鴻草堂去過年。揖山待我，真如異姓兄弟也。

乙丑年七月，石琢堂自京城回籍。這是我的兒時好友，名韞玉，字執如，琢堂是他的名號，乾隆庚戌年的殿試狀元，任四川重慶太守。在其任上，有三年時間與白蓮教亂賊激戰，功績顯赫。這次回來，與我相見甚歡。很快到了重陽節，他又將攜眷屬啟程回重慶赴任，並邀我一路同往。我到九妹夫陸尚吾家裡去拜別了母親，因為先父生前的房子已經成為別人家的了。母親叮囑道：「你弟弟是靠不住的，你要多努力啊，沈家的名聲，就指望你去重振了！」

逢森送我到半路，突然落淚不止，於是叫他回去，別送了。

行船至京口時，琢堂繞道去了趟淮揚鹽署，看望他的舊交王惕夫孝廉。我也隨他同往，趁此機會，得以往芸墓上看望一遭。然後，返回船上，沿長江溯流而上，一路遊覽名山勝景。到了湖北荊州，琢堂收到任命，升潼關商道道員，便留我和他兒子敦夫及眷屬等暫寄荊州，只帶了少數隨從輕裝上路，趕回重慶去過的年，然後再由成都過棧道，赴潼關之任。

丙寅年二月，我才與他的眷屬們一道從水路出發，在樊城登岸，換陸路前往潼關會合。此去路途遙遠、耗資甚巨、車重人多、馬死輪毀，一路上吃盡了苦頭。到了潼關才待了四個月，琢堂又升山東按察使，而他兩袖清風，已無力再帶眷屬赴任，眷屬們只好暫借了潼川書院的房子住下來。十月底，琢堂領了山東任上的俸祿，才派人來將眷屬接去，並給我捎來一封青君的信。我讀其信，駭悉逢森已於四月間夭亡。這才明白他上次送我時為什麼半路突然流淚，原來是與我永訣啊！

嗚呼！芸僅有的兒子，已不能為她延續後嗣了！琢堂聞訊也感慨萬千，特送我一房妾室，讓我重溫春夢。從此，便留在這紛紛擾擾的紅塵裡繼續這如夢的人生，只是不知這一次又將夢醒何時。

浪遊記快

我遊幕三十年來，足跡遍布天下，還沒有去過的地方，僅一個蜀中、一個黔中、一個滇南而已。遺憾的是每到一處，都是車馬倉促，行程也是人家安排好的，雖然名山勝水都大體領略過了，然而不過是走馬看花，更不能由著自己的性子，去探訪那些偏僻的去處，尋找幽靜的美景。

我這個人呢，凡事都喜歡持不同見解，而不屑於去迎合別人的觀點，就說品評詩畫吧，凡是眾口推崇的，我一定看不上眼，而別人都鄙棄的，我偏要覺得它好。所謂「名勝」也是如此，只要我自己喜歡就行。有的名勝，實在不覺得它哪裡好，也有不是名勝的，我卻覺得它比名勝更勝 —— 生平經歷過很多，姑且記述在此。

我十五歲時，父親稼夫公為山陰趙明府府幕。趙明府請了一位老師來教他兒子念書，老師姓趙名傳，號省齋先生，是杭州德高望重的老學士，於是父親讓我也拜他為師。

有一回放假出遊，出城十餘里便到吼山。去吼山只能走水路，當船靠近山腳時，望見一個石洞，洞口上方有塊裂開的石頭，看上去搖搖欲墜。我坐著船從石頭底下穿了過去，洞中豁然開朗，四面都是峭壁，在瀕臨流水處建有五間石閣，這便是人們俗稱的「水園」，對面石壁上刻有「觀魚躍」三個字。流水深不可測，相傳有巨魚潛伏於水下，我撒下一把魚餌，一大群魚湧來，都還不到一尺長，把魚餌吃得乾乾淨淨。水園後面的路通往「旱園」，那裡的假山全是胡堆亂砌，有的粗壯厚實，形寬如手掌，也有的柱石平整而頂上壓了一塊大石，人工鑿痕很明顯，沒什麼看頭。遊覽完畢，在水閣處設宴飲，命僕人在洞裡放爆竹玩，「砰」的一聲，像一道炸雷響起，山中餘音繚繞。這便是我年幼時，生平第一次暢遊的經歷。可惜附近的蘭亭、禹陵，那時都沒去遊玩過，至今仍覺得遺憾。

我到山陰的第二年，先生因為父母年邁不能遠遊，便在家中設館授課，我於是也跟隨先生去了杭州，這才有機會暢遊西湖勝景。諸多景點中，結構最巧妙的，我首推龍井，其次是小有天園；石景中，我最愛天竺山的飛來峰，以及城隍山的瑞石古洞；水景中，則最愛玉泉，因為它水清魚多，故活潑有趣；可能最不堪的，就是葛嶺的瑪瑙寺了。其他的，像湖心亭、六一泉等景，都各有說不完的妙處，然而終嫌匠氣未脫，反倒不如小靜室的幽靜冷僻，有天然之雅。

蘇小小的墓在西泠橋側。當地人指給我看過，那時候還只是半個黃土包而已。乾隆庚子年，聖駕南巡曾問起過，到了甲辰年春再次南巡時，蘇小小墓已經是修葺一新，用石頭築的新墳呈八角形，上面立了一塊碑，刻有大字：「錢塘蘇小小之墓」。從此以後，去憑弔這位作古的才女，再也不用徘徊探尋了！我想，自古以來的貞烈女子，死後默默無聞的多不可數，即便是立了牌坊卻很快被人遺忘的也不在少數，然而蘇小小只不過是個妓女而已，從她所生活的南齊直到今朝，沒有人不知道她的，這大概是因為天地在她身上注入了靈氣，好讓她成為西湖山水的點綴吧？

崇文書院距西泠橋北只有數步，我曾和同學趙緝之在這裡考過試。當時正是夏天，我早早地起來了，出錢塘門，過昭慶寺，上斷橋，然後坐在石欄上等日出，看著裊裊柳枝在朝霞的輝映下，極力展現出最美的姿態。白蓮花綻開了，清風裹著花香徐來，令人心骨皆清。走到書院，還沒出考題。

午後交了卷出來，攜同緝之去紫雲洞納涼，洞中大小可容納數十人，陽光透過石孔射進來。有人擺著短几矮凳在此賣酒，我們脫了衣服坐下來小酌，嘗了嘗鹿脯，很好吃，又點了兩份鮮菱、雪藕，喝到微醺才從洞裡出來。緝之說：「山上有一個朝陽臺，還挺高曠的，何不去看看？」我也遊興大發，於是奮勇地登上山頂，看西湖就像一面小鏡子，杭州城不過彈丸之地，錢塘江像飄著的一條絲帶，放眼就是幾百里遠。這是我生平第一次感受到天地之寬。從山頂下來，已是太陽西沉，南屏晚鐘敲響矣。

韜光寺、雲棲寺因為路遠沒去過，但是紅門局的梅花，姑姑廟的鐵樹，也不過爾爾。我以為紫陽洞一定是不錯的，便一路找了過去，結果竟然只是一個小泉眼而已，最多隻能伸進去一個手指頭，然而相傳洞裡是別有天地的，我恨不能挖一扇門鑽進去。

清明節，先生春祭掃墓，帶我同遊。墓在東嶽鄉，這裡竹林很多，守墳人為了招待我們，挖了好多還沒破土的毛筍，形狀像梨但又比梨子略尖。我特別愛吃，把兩大碗都吃完了。先生說：「噫！這東西雖然好吃，但是克心血，你最好多吃點肉來解一解。」我向來不喜歡多吃肉，況且這時因為吃了太多筍，肚子已經塞不下了。結果，回去的路上便覺肚子裡面燒得慌，嘴做得好像要裂開似的。經過石屋洞，也沒什麼可看的。而水樂洞的峭壁上長滿了藤蘿，洞中大小如斗室，有泉水奔流落入池中，發出清脆的響聲，池寬僅三尺，深五寸多，水既不溢位也從不乾涸。我俯下身去喝了幾口泉水，頓時覺得心裡不燒了。洞外有兩座小亭，坐在亭子裡，洞中泉聲依然清晰可聞。

附近寺廟的和尚請我們去參觀萬年缸，就在他們的齋堂裡，缸碩大無比，用竹筒將清泉引入缸裡，任由它溢位來淌在地上。長年累月，缸壁上的苔蘚都已有一尺多厚，即使冬天也不結冰，所以缸不會凍裂。

辛丑年八月，我父親身患瘧疾，回家養病。此病乍寒乍熱，父親常常是冷起來非要烤火，熱起來非要飲冰，亦不肯聽我勸阻，竟惡化成傷寒，病情愈發地嚴重了。我守在床前將近一個月，終日侍奉湯藥，晝夜不得闔眼。我妻子芸娘也大病一場，臥床不起。我當時情緒極其惡劣，心如死灰。父親將我叫到床前，囑託我說：「我的病恐怕是好不了啦，你整天捧著那幾本書也不能當飯吃，我將你託付給盟弟蔣思齋，你跟著他學，以後還可以繼承我的衣缽。」第二天，思齋來了，我便於父親病榻前拜他為師。沒多久，因請到名醫徐觀蓮先生上門診治，父親的病又漸漸痊癒，芸在徐先生的得力護理下，也能下床活動了。而我也已經步入了學幕生涯。這並非什麼大快人心的事，為什麼寫它呢？因為這是我走出書齋、四處浪遊的肇始，所以值得一記。

思齋先生名襄。這年冬天，我便跟著他在奉賢的官署學幕。同事中還有一位顧金鑑，字鴻乾，號紫霞，也是蘇州人。他為人慷慨剛毅，正直不阿，年長我一歲，我稱他為兄，鴻乾也欣然稱我為弟，彼此非常交心。這是我交到的第一個知己。可惜他二十二歲就死了，我從此便落落寡合，朋友甚少。我今年已經四十六歲，茫茫人海，不知餘生還能否有幸再交到像鴻乾這樣的知己？

現在想起來，之所以能與鴻乾成為知己，是因為我倆都心懷高曠，時常嚮往隱居的生活。重陽日，我和鴻乾都在蘇州，我的一位前輩王小俠與我父親稼夫公打算請女伶到家裡來演劇，兼宴賓客。我比較怕熱鬧，便提前一天約了鴻乾共赴寒山登高，並順便找一處好地，準備將來在山上建房子住。芸為我們打點酒盒。次晨天還未亮，鴻乾已經登門來催我出發了。

於是帶上酒盒隨他一道上路，經由胥門出得城來，先找了一家麵鋪，吃了個早餐。吃飽之後，橫渡胥江，再步行至橫塘棗市橋，僱了條小船，行舟至山下時，還不到正午。船夫是本分厚道之人，我們吩咐他先淘米煮飯，然後就上了岸，往中峰寺而去。

中峰寺在支硎古剎的南邊，我們循著山路往上走，在樹林的深處，看到幾欲掩藏起來的寺廟。寺內鴉雀無聲，僧人優哉遊哉，見我倆衣衫不整的樣子，沒有很想接待的意思。我們也是醉翁之意不在酒，根本無心久留。

回到船上，飯已經熟了。吃完飯，船夫叮囑兒子守船，自己則提著酒盒跟隨我們而來。由寒山一路走到高義園的白雲精舍，這是一間挨著峭壁而建的軒室，下面挖有小池，用石欄圍成一圈，懸崖上吊滿了木蓮，牆壁附著厚厚的青苔。坐在軒下，只聽得落葉蕭蕭，悄無人跡。

出門便是一座亭子，我們讓船夫坐在亭子裡等。有一條石縫，名「一線天」，我們就從這縫中穿入，拾級盤旋而上，一直登到山頂，此處也有名字，叫「上白雲」；有一座坍頹的庵堂，只剩下一截危樓，除了爬上去遠眺，什麼也做不了。小憩片刻，我們便相互攙扶著下來了。船夫說：「你們只管登高，卻忘了帶酒盒去。」鴻乾說：「我們來這裡，是想找個地方一起隱居，又不是特為登高。」船夫說：「從這裡南去二三里，有個上沙村，人丁興旺，地也很富餘。我有個姓范的表親就住在這個村，何不去看一看？」我大喜道：「那是明末徐俟齋先生隱居的地方啊！聽說有園亭，環境極幽雅，我還沒去過呢。」於是船夫便帶我們前往。

村子就在兩座山的夾道中。園子依山而建，卻沒有用到一塊石料；老樹無不盤根錯節、鬱鬱蒼蒼；還有亭榭窗欄，要多樸素有多樸素。這就是幾間帶竹籬笆的草屋啊！真不愧是隱者之居。園中有皂莢亭，那些皂莢樹粗得需要兩個人才能合抱。我見過的園亭中，此為第一。

園子左側的山，俗稱「雞籠山」。山峰直豎，巨石壓頂，就像杭州的瑞石古洞，只是沒那麼小巧玲瓏。鴻乾見旁邊一青石，平整如榻，便躺了上去，說：「這裡能仰望山峰，俯視園亭，視野開闊，而且幽靜，可以飲酒啦！」於是拉上船夫同飲，或歌或嘯，大暢胸懷。

村民得知我們為尋地而來，誤以為要勘察風水，便告訴我們風水最好的地在哪裡。鴻乾說：「只要合乎心意，不管風水。」不料竟成讖語！

我們把帶來的酒都喝完，又各自採了些菊花插在兩鬢。回到船上，夕陽將盡。

我是半夜一更時分才到的家，這時客人都還沒走。芸悄悄跟我說：「那些女伶中有一個叫蘭官的，端莊出眾，非常不錯。」我派人去叫她進來，就說是我母親的意思。她來了，我握著她的手一番端詳，果然豐腴白嫩。我悄聲對芸說：「長得是挺美，只不過這身材跟她的名字相去懸殊啊。」芸說：「胖一點有福相。」我說：「你忘了馬嵬之變嗎？楊玉環的福氣在哪裡？」芸隨便找了個藉口將蘭官打發走了，又問我：「今天你又醉得不淺吧？」我於是將這一天的遊覽經歷講給她聽，害得她嚮往了很久。

癸卯年春，我跟隨思齋先生赴揚州之聘，第一次見識了金山、焦山的真面目。金山宜遠觀，焦山宜近看，只可惜我每次都是在兩山之間來往奔波，從未登上山頂遠眺過。北上渡過長江之後，王漁洋詩句中的「綠楊城郭是揚州」便立刻生動地呈現在眼前了。

平山堂距揚州城約三四里，而路程卻有八九里。沿途的園林雖然全都是人工構築，卻處處展現出工匠們的奇思妙想，再巧妙地利用自然環境加以襯托，我看仙界的園亭亦不過如此。其妙處就在於將十幾座園亭連成軸線，直抵群山，而氣勢渾然一體、貫穿始終。其中最難構築的一段，就是從城門入景區，有一里左右都是緊貼著城牆而建。一般來說，曠遠的群山之間隱現著幾截城牆，這樣的景緻才稱得上詩情畫意；如果把景中的城牆換成園林，只會顯得笨拙呆滯。然而我看這一段的構景，不管是樓臺亭閣，還是城牆假山，又或是竹林木叢，皆於群山中半現半隱，且沒有一處顯得突兀，若非胸中有丘壑的建築師，則斷難做到。

出了城，途經的頭一座園林便是虹園，向北是一座石橋，橋梁上寫著「虹橋」，也不知是園以橋命名，還是橋因園得名？划船穿過虹橋，接下來的景點叫「長堤春柳」，它沒有連線城腳而是連線這裡，更加顯出布局的巧妙。再向西折，出現一座用土堆出來的小山包，上面矗立著一座廟，此處名「小金山」，視野被它擋了這一下，頓時覺得氣勢緊湊，亦頗不俗。我聽說這裡原本都是沙土，此廟屢建不成，後來是用木排一層層架疊起來，再往裡面填土，總共花了幾萬兩白銀才建成，除了富商巨賈，誰有這個實力？

過了小金山即是勝概樓，揚州人每年都到這裡來看賽龍舟。河面在此變寬，一座蓮花橋飛跨南北，設有八扇橋門通向各方，橋面上建起五座亭閣，揚州人管這叫「四盤一暖鍋」。這種設計難免有黔驢技窮之嫌，不太可取。橋南為蓮心寺，寺裡有藏傳佛教的白塔聳立，塔尖綴飾著金色的瓔珞，刺入雲端，佛殿的翹角紅牆掩映於松柏之間，殿內不時迴盪著鐘鳴磬響，這都是別處的園亭所沒有的景狀。就好像文章寫到一半，重點段落要出現了一樣——過了蓮花橋，也能看到一座畫棟飛簷、五彩絢爛的三層高閣，全部用太湖石壘砌而成，外面圍的是白石欄杆，這便是所謂的「五雲多處」。過了這裡，前方便是名為

「蜀岡朝旭」的景點，多少顯得平淡無奇，且牽強附會。到了山前，河面漸漸收束，河灘上堆土種植竹子樹木，又人為地填造出四五道河灣。看似山窮水盡，繞過最後一道灣，卻又豁然開朗，平山的萬松林已經排列在眼前了。

「平山堂」，乃歐陽文忠公親筆題字。所謂的淮東第五泉，藏在假山石洞裡的才是正宗，原來不過是一口普普通通的井而已，味道跟天泉水一樣；至於荷亭裡面用六孔鐵井欄圍起來的，乃是假冒，那水根本不能喝。九峰園另在南門幽靜處，別有天趣，我認為它是平山堂諸多園林中最好的一座。康山沒有去看過，不知道具體怎樣。以上只是概況。

至於所有工藝之巧妙、細節之精美，不能盡述；大體而言，如果以前看過的園林好比是溪邊的洗衣婦，那平山堂諸園便是施了豔妝的美人。我因為適逢聖駕南巡盛典，各園林剛剛宣告竣工，正在排演接駕儀式，才得以暢遊這壯觀的盛景，這也是人生難得的際遇。

甲辰年春，我隨侍父親於吳江何明府幕中，並與山陰的章蘋江、杭州的章映牧、苕溪的顧靄泉諸公共事，奉命辦理南鬥圩行宮事宜，得以第二次瞻仰天子龍顏。

一天傍晚，我突然動了回家的心思。當時有一種辦公差用的小快艇，配有雙櫓雙槳，江蘇人俗稱「出水轡頭」。我乘著它在太湖上疾馳，轉眼就到了吳門橋，即使是駕鶴騰雲，都沒有這麼過癮。到了家，還能趕上吃晚飯。

我家鄉蘇州，向來崇尚繁華，爭奇奪勝之風發展至今，又比往日更甚。處處綵燈眩目，夜夜笙歌曼舞，比起古人所謂的「畫棟雕甍」、「珠簾繡幕」、「玉欄杆」、「錦步障」，有過之而無不及。我也不免被朋友拉去幫他們插花結綵，閒來無事就聚在一起狂飲高歌，到處暢遊，那時因為年輕氣盛，興致豪邁，所以樂此不疲。現在想來，雖然生逢盛世，但若非家住蘇州，而是生在某個窮鄉僻壤，哪能像這樣瀟灑暢遊？

這一年，何明府因事被議，我父親隨即赴海寧應王明府之聘。嘉興有一位長期吃齋信佛的劉蕙階，來拜見我父親。他家住在煙雨樓旁，有一間臨河的軒閣，名「水月居」，清靜得跟廟裡一樣，那是他念經的地方。煙雨樓在鏡湖中間，鏡湖四岸都是楊樹，綠葉婆娑，只可惜缺少竹子。樓中有平台，可以憑欄遠眺，廣闊的湖面上水波不興，漁舟點點如星羅棋布，似乎於月夜更相宜。和尚做的齋飯還蠻好吃的。

我到海寧之後，與白門的史心月、山陰的俞午橋共事。心月有個兒子，名燭衡，澄靜緘默，彬彬儒雅，和我是莫逆之交，也是我生平交到的第二位知己。只可惜我和他萍水相逢，聚首的日子不多罷了。

我遊過陳家的安瀾園，占地百畝，重樓疊閣，夾道迴廊。園中有巨大水池，池上棧橋作六曲六折。假山上藤蘿掩蓋，不露鑿痕。古樹成林，株株參天，林中鳥啼花落，如入深山。平地上的假山園亭我見得不少，安瀾園純靠人工營造出了天然美境，乃首屈一指。

我曾在園中的桂花樓上設宴，席間桂花飄香，將諸菜的美味蓋過，唯獨醬薑的辣味不受影響。生薑和肉桂的品性愈老愈辣，常用它們來比喻忠臣烈節，果然是有道理的。

出了南門就是大海，一天兩次漲潮，如萬丈銀堤，湧出海塘。當海潮來時，那些逆潮航行的船隻，便反棹相向，在船頭架起一支木鈀，形狀像長柄大刀。將木鈀一按，劈開潮水，船即隨同木鈀一塊被捲入大海，過了片刻才浮出來，於是撥轉船頭隨潮而去，頃刻已盪出百里。

海塘上有塔院，中秋夜我曾隨同父親到此觀潮。沿堤往東行三十里，有山峰高聳，探入海裡。山頂有樓閣，匾上寫著「海闊天空」。一望無際，但見怒濤接天而已。

我二十五歲時，應徽州績溪克明府之聘，由杭州乘「江山船」，經過富春山時，專門去登了一回嚴子陵釣臺。釣臺位於山腰，有高峰突起，離河面十餘丈高。難道說，漢時的河面竟然與此峰齊高？

月圓之夜，泊船於界口，沿江的巡檢司就設在這裡。「山高月小，水落石出」，同樣適用於界口。至於黃山，只看到山腳，未識真面目，實在可惜。

績溪城彈丸之地，萬山環繞，民風純樸。離城較近的有石鏡山，沿著彎彎曲曲的山徑步行一里左右，但見懸崖峭壁，溪流湍急，溼翠欲滴。山路逐漸變陡，升至山腰，有一座方石亭，四面都是陡壁。亭左有一面如同刀削、狀若屏風的石壁，表面青色光潤，能照出人形，相傳以前還能照出前世模樣，當年黃巢至此，結果照出來一隻猿猴，於是一把火把它給燒壞了，從此便失去了這個功能。

離城十里有「火雲洞天」，洞中石紋盤結，怪岩嶙峋，有點像王蒙的寫意筆法，雜亂無章，洞中岩石皆為深絳色。旁邊有一座庵堂，鹽商程虛谷曾在此設宴款待我，席中有肉饅頭，庵裡的小沙彌在一旁看著直嚥口水，於是給了他四個。臨走時，以兩圓番銀作為酬謝，僧人不認識這種錢，不肯接。告訴他這一枚可換七百多文銅錢，他又以附近無處可兌換為由，還是不接。最後大家湊了六百文銅錢付給他，這才歡喜道謝。

後來和同事故地重遊，老僧特別叮囑我說：「上次小徒不知吃了什麼拉肚子，這次可別給他吃了。」原來人的胃吃慣了野菜，就消化不了肉類了，令人感慨！我對同事說：「做和尚的，就一定要住在這種偏僻的地方，終生不見不聞，方能修身養性。倘若在我家鄉的虎丘山上出家，整天接待那些孌童豔妓，聽著合笙之歌，聞著佳餚美酒，又何來的身如枯木、心如死灰呢？」

又往城外行三十里，這個地方叫仁里，每十二年舉辦一次花果會，家家戶戶賽盆花。我在績溪時，適逢盛會，躍躍欲往，卻苦於沒有車馬。於是命人砍了兩根竹，中間綁一張椅子當轎子，僱人抬著我去。同去的，只有同事許策廷一人，一路上的人都在笑話我們。到了那裡，有一座廟，廟裡供的不知什麼神。廟門前的空曠處，搭著高高的戲臺，畫梁方柱，乍看去高大輝煌，走近一瞧，全都是用彩繪紙紮出來的，再抹了一層油漆而已。忽然來了一陣鑼聲，有四人抬著兩支大蠟燭登場，大得就像兩截柱子；有八人抬著一頭豬，豬壯得像牛，可能是集體飼養了十二年才宰來祭神的。策廷笑道：「豬倒是增了壽，但神的牙口也夠好的呀！我若是此神，肯定嚼不動的。」我說：「也可見他們有多愚昧了！」進入廟內，從殿廊到軒院裡都擺滿了花果盆玩，並不剪枝拗節，皆以蒼老古怪為佳，其中大半都是黃山松。不久，戲臺開場演劇，遊人像潮水一般湧來，我和策廷閃躲不迭，抽身離去。

不到兩年，我因與同事不合，一怒之下離開績溪，回老家去了。

我遊幕績溪的這一年多以來，算是見識了官場中的種種卑劣無恥，簡直是不堪入目。因此，我決定棄儒從商。我有個姑丈袁萬九，在盤溪的仙人塘做釀酒生意，我和施心耕一塊兒在他那裡投資入夥。袁一直做的是海外生意，不到一年，遇上臺灣林爽文作亂，海道受阻，酒都積壓在倉庫裡賣不出去，虧得血本無歸。

沒辦法，只得繼續重操舊業，於是又在江北做了四年幕業，四年間無快遊之事可記。

直到借居蕭爽樓做了「煙火神仙」之後，有一次，表妹夫徐秀峰從粵東回來，見我賦閒，感慨道：「就靠寫字畫畫維持生計，這總不是個辦法啊，何不跟我去趟嶺南？賺的應該不只是一點蠅頭小利哦！」

芸也勸我說：「趁著現在父母身體無恙，你也正值年壯，與其在這裡朝愁醬油暮愁鹽地窮快活，還不如一勞而永逸。」

我於是跟朋友們借了些本錢，芸呢，也親自置辦了一些貨物，有刺繡，也有嶺南所沒有的蘇酒、醉蟹等。稟過父母之後，便於十月十日，與秀峰一道由東壩出蕪湖口，駛入長江。

這還是我第一次遊覽長江，心情十分暢快。每晚泊舟之後，必於船頭小酌。見有捕魚者，網寬不夠三尺，上面的網眼卻足足有四寸一個。漁網的四個角上都束有鐵條，可能是為了使網更容易沉下去。我笑道：「雖然聖人教導我們，『數罟不入洿池』，但像這麼小的漁網，網眼還那麼大，怎麼捕得到魚呢？」秀峰說：「這是專門用來網鯿魚的。」只見捕魚者用一根長繩拴住網具，手持繩子，一鬆一拽，像是在試探有沒有魚。不一會兒，將漁網猛地拽出水面，鯿魚已經卡在網眼裡了。我不由嘆道：「箇中奧妙深不可測，看來我還是太想當然了啊！」

一天，遠遠地看到江心聳起一座高峰，四面皆無所依傍。秀峰說：「這就是小孤山了。」我們的船乘著風勢從山前直接駛過，但見霜林漫山，殿閣錯落，未能一遊，誠可惜哉。

見到滕王閣，感覺就像蘇州府學的尊經閣被搬到了胥門的大碼頭上，看來王勃在〈滕王閣序〉中所寫的不足為信啊。於是也沒久留，當即在滕王閣下換乘一種首尾都高高翹起來的「三板子」船，取道贛關，至南安登陸。那天正好是我三十歲生日，秀峰特為我準備了長壽麵。

第二天，翻過大庾嶺，山頂上有一座亭子，額匾寫道「舉頭日近」，極言此山之高。山頭一分為二，兩邊皆是峭壁，中間留出一條路來，好像石巷子一般。路口列兩塊碑，一塊寫著「急流勇退」，一塊寫著「得意不可再往」。山頂有梅將軍祠，沒有考證過是哪朝哪代的將軍。而所謂的「嶺上梅花」，連梅樹的影子都沒有，難道是因為梅將軍才取名「梅嶺」？這時已近臘月，我帶去送禮的盆梅，花都凋零，葉子也枯沒了。

出了路口，山川景緻便立刻大不一樣。嶺西的山上有一個石洞，非常精巧，忘記叫什麼了，轎夫說：「洞中有仙人的床榻。」當時也是匆匆而過，沒有進洞遊覽一下，令人悵然不已。

我們在南雄僱了一條舊龍船，經過佛山鎮，看到當地人家都在牆頂上擺列盆花，葉子像冬青，花又像牡丹，有大紅、粉白、粉紅三種，大概是茶花吧。

臘月十五才抵達省城，在靖海門內一位姓王的房主那裡租了三間臨街的寓所住了下來。秀峰的貨物都賣給了官場要員，我也列了一張貨物清單，隨他一道去拜訪客戶。隨即就有需要配禮的人絡繹不絕地來取貨，不出十天，我帶來的貨物也賣完了。

除夕，蚊子還在嗡嗡叫。大年初一賀歲，有人棉袍裡面就只穿了一件紗套。不僅是氣候懸殊，當地人的神態氣質也和我們差別極大，儘管五官都長得差不多。

正月十五，有在衙署當差的三位同鄉兼好友拉我們去「打水圍」，意思是去河上逛窯子，他們還管妓女叫「老舉」。於是相攜出了靖海門，下到河邊，搭乘一種形狀怪異的小艇，就像是剖開的半邊雞蛋加了個篷子，先是去了沙面。兩排妓船 —— 又叫「花艇」—— 船頭對船頭地停靠在那裡，中間留出一條水巷，方便小艇出入。每一二十條妓船為一「幫」，全都用橫木連結，以防海風。兩船之間，釘有木樁，用藤圈當纜繩套上，便於船身隨著潮水的漲落而起伏。

這裡的老鴇又叫「梳頭婆」，一律用銀絲在頭上搭一個四寸高的空架子，頭髮都盤在架子上，再用一根長耳挖插一朵花在鬢角；身上披一件深黑色的短襖，穿一條深黑色的長褲，褲管拖到了腳背上，腰間束一條紅色或綠色的汗巾，光著腳趿一雙拖鞋，像梨園的花旦那樣，將腳背露在外面。上了船，便躬身笑臉相迎。撩起簾子，進到船艙，中間一張大炕，四周擺了一圈椅凳，有一扇門通往船尾。老鴇喊一聲「有客」，立刻響起一陣雜沓的腳步聲，魚貫而出的有挽著髮髻的，有盤著辮子的，臉上搽的粉厚得像牆灰，脣上的胭脂紅得像石榴花，或紅襖綠褲，或綠襖紅褲，有穿短襪、趿繡花蝴蝶鞋的，有光著腳丫、戴銀腳鐲的，或蹲在炕上，或斜倚在門邊，目珠閃爍，一言不發。我望著秀峰道：「她們這是幹嘛？」秀峰說：「你相中之後招一招手，人家才會主動過來。」我試了一下，果然一招手便笑咪咪地走到我跟前，從袖中掏出檳榔來請我吃。我塞進嘴裡猛嚼一口，澀死個人！急忙吐掉，拿紙巾擦了擦嘴，吐出來的東西像血一樣。滿船的人都哈哈大笑。

然後又去了軍工廠，這裡的船妓也是同樣的裝扮，不同的只是她們無論老少，個個都會彈琵琶而已。跟她們說話，一開口就是「乜嘢」。「乜嘢」，就是「什麼」。我說：「所謂『少不入廣』，不正是因為此地最銷魂嗎？可如果都像她們這樣作野蠻裝扮，滿口土話，誰還會動心呢？」一位朋友說：「潮幫的裝扮不像野人，像仙女，可以去逛一逛。」

到了潮幫，妓船也像沙面那樣成排停靠著。素娘是遠近聞名的老鴇，裝扮得像是從花鼓隊來的。她手下的粉頭一律身著高領衣服，項鍊掛在領子外面；額前瀏海齊眉，頸後短髮垂肩，頭頂挽一個丫形髮髻似的髮鬏；裹足的穿裙子，沒裹足的穿短襪，也穿繡花蝴蝶鞋，也將褲管拖得老長。她們說話都能聽懂，但我始終還是嫌她們服飾怪異，因此興致索然。

秀峰說：「靖海門對面的渡口有揚幫，都是我們江蘇女子的裝扮，肯定有你合意的。」另一位朋友說道：「所謂揚幫，真正從揚州來的就只有老鴇『邵寡婦』自己和她兒媳名喚『大姑』的，其餘的也都是湖廣、江西人。」

到了揚幫，兩排總共只有十幾條船，裡面的人物個個雲鬟霧鬢，略施淡粉，闊袖長裙，她們說話也都能聽明白。老鴇邵寡婦接待了我們，態度相當殷勤。於是朋友中的一位叫了兩艘酒船，大的叫「恆艫」，小的叫「沙姑艇」，他慷慨做東，叫我隨便挑。我挑了一名雛妓，身材相貌都和我妻子芸娘相像，只是腳極尖細而已。她叫喜兒。秀峰也挑了一名叫翠姑的，其他朋友都是這裡的常客，各自都有老相好。

我們將酒船駛入河心，開始放肆喝酒。時過一更，我怕不能自持，便執意要回寓所，但這時城門早就關了。原來，沿海城市天一黑就關城門，可我之前並不知道。散了席，一行人中有臥倒在那裡抽鴉片的，有摟著妓女打情罵俏的。

僕人送來了衾枕，看樣子是要打通鋪。我悄聲問喜兒：「你們船上有睡覺的地方嗎？」回答說：「有寮可以住，只是不知道有沒有客人。」（她說的寮，即指船頂的樓閣。）我說：「且去看看吧。」便喚來小艇渡至邵寡婦船上，整個揚幫都隱沒在夜色中，只見兩排燈火像長廊一樣相對而列。寮內正好沒有客人，老鴇笑咪咪地迎出來，說：「我知道今日有貴客要來，所以特意留著呢。」我笑道：「您老真是料事如神！」

於是有僕人手持蠟燭過來帶路，從艙後的舷梯拾級而上，進入一間小屋，屋側有一長榻，几案齊備。揭開門簾，又是一個房間，正好位於頭艙頂上，床也是擺放在屋側。牆的中間設有方窗，嵌著玻璃，對面船上的燈光透進來，不需點燈也能將室內的各個角落照亮，床上的被衾、帳子，一旁的鏡奩，都非常華美。喜兒說：「從天臺上可以望月。」原來梯門上方還有一扇窗，喜兒推開此窗，我們像蛇一樣爬了出去，便到了船艄的頂上，三面都有短護欄。一輪明月，水闊天空。像很多葉子橫七豎八地浮在水面的，那是酒船；酒船上燈光閃爍，彷彿天上的繁星；還有數不清的小艇在河面上穿梭往來，船上笙歌弦樂的聲音，夾雜著潮聲如沸，令人心緒為之煥然。我說：「什麼叫『少不入廣』，這就是啊！」

此刻，想起妻子芸娘 —— 不能帶她一塊兒來，真是太遺憾了。回頭望喜兒時，月色下她的樣子依稀似芸娘，於是挽著她走下天臺，吹燈就寢。天快亮時，秀峰他們鬧哄哄地跑上船來，我趕緊披上衣服起身相迎。他們都怪我昨晚當了逃兵，我說：「沒別的，就是怕你們半夜來掀我的被子！」然後便和他們一道返回寓所。

過了幾天，我偕秀峰同遊海珠寺。寺在水中，四面圍牆宛若城牆，都設有火炮以防禦海寇，炮門離水面高五尺，而且不管潮漲潮落，水起水伏，高度都是五尺，這一現象也無法用常理解釋。十三洋行在幽蘭門西側，和以前在洋畫裡見到的一模一樣。河的對岸名為花地，花木繁茂，是廣州的花市所在。我自以為識花頗廣，去到那裡一看，只認識十之六七，問及花名，所回答的竟然連《群芳譜》裡都查不到，難道只是土語的發音不同而已？

海幢寺的規模極大。寺內種有榕樹，大的可能得十幾人合抱，這種樹秋冬不落葉，樹蔭濃密無隙。寺裡的柱子、門檻、窗欞、欄杆，都是用鐵梨木做的。還種有菩提樹，葉子像柿樹，將其泡在水裡去皮，葉肉上的筋脈細如蟬翼紗，可以裱成小冊子，用來寫經。

回寓所的路上，又去了一趟花艇找喜兒。剛好翠姑、喜兒都沒有接客。我們喝完茶就要走，她二位又再三挽留。我還惦記著上次的寮，可是老鴇的兒媳婦大姑已經在裡面陪客飲酒了，我便對邵老鴇說：「若能帶回寓所，則不妨一敘。」邵說：「可以。」於是秀峰先回去叫僕人準備酒菜，我帶著翠姑、喜兒隨後即到。

正有說有笑間，郡守王懋老竟不請自來，於是拉著他坐下來同飲。剛端起酒杯要喝，忽然聽到樓下人聲嘈雜，嚷嚷著好像要上樓來。原來房東的姪子是個潑賴，知道我們召妓，就呼了一幫人過來敲詐。秀峰開始抱怨起我來：「這都是三白一時高興出的主意，我不該聽他的呀！」我說：「事已至此，鬥嘴有什麼用，趕緊想一個退兵之計才是。」懋老說：「我先下樓去勸阻一番。」

我叫僕人速去僱兩臺轎子，先幫兩名妓女從這裡逃出去，再想辦法出城。我聽到懋老在樓下勸他們，但勸不退，於是他也沒有再上來了。轎子很快備好，我的僕人手腳敏捷，便讓他在前面開路，秀峰牽著翠姑跟緊他，我則牽著喜兒走在最後，大家一鬨而下。秀峰和翠姑靠著僕人的掩護順利衝出門外，喜兒卻被人伸手拽住，我抬腿就是一腳，正踢在那人手臂上，他手一鬆喜兒便掙脫出去，我也乘勢脫身逃出。我的僕人還沒走，正把守著大門，以防他們追搶。我急忙問他：「見到喜兒沒？」僕人說：「翠姑已經坐上轎子走了，喜娘我只看到她出來，但沒見她上轎。」我急忙點了火把，看到轎子還在路邊，裡面空無一人。我又急忙追到靖海門，看到秀峰在翠姑的轎子旁邊站著，便問他，他說：「她可能是跑反方向了吧。」

我急忙轉身跑回寓所，又繼續朝前跑，跑過十幾戶人家，聽到有人在暗處叫我，將火把湊過去一照，是喜兒，於是讓她上轎，抬起就走。秀峰也跑了來，說：「幽蘭門旁有水門洞可出城，已經託人去賄賂門軍開鎖了，翠姑正在往那邊去，喜兒也趕緊去吧。」我說：「你快回寓所去退兵，翠姑、喜兒就交給我了。」到了水門洞，果然已經開鎖，翠姑正在那裡等。我便左手扶著喜兒，右手牽著翠姑，彎腰踮腳，踉踉蹌蹌地出了城。天上正下著小雨，路面滑得好像潑了油，跑到一處河岸，正是先前去過的沙面，這裡笙歌曼舞，正熱鬧著呢。小艇上有人認出了翠姑，於是招呼我們上船。

這時，我才發現喜兒一頭蓬髮，髮釵、耳環也都不見了。我說:「被搶去了嗎？」喜兒笑道:「我聽說這些首飾都是純金的，是媽媽的東西，剛才下樓的時候已經摘下來藏在口袋裡了。如果被搶去，豈不連累你賠？」我聽了很感激，叫她趕緊重整一下妝容，將首飾都戴回去，今晚的事情不能告訴媽媽，她要是問起來，就說因為寓所裡人太雜了，所以才回來的。回船之後，翠姑便照我說的去回稟鴇母，還說：「我們已經用過酒菜，現在還很飽，只要備些粥就行。」

這時寮內的客人已走，邵老鴇叫翠姑也陪我到寮內去。她倆的繡花鞋裡外都是汙泥。三人就著粥充飢，秉燭漫談，才知道翠姑原是湖南人，喜兒則是在河南出生，本姓歐陽，父親死了，母親改嫁後，作惡的叔叔便將她賣給了老鴇。翠姑便訴說她操業的不易：明明不開心也一定要強作歡顏，不勝酒力也一定要強行暢飲，身體不適也一定要強忍著陪客，喉嚨不舒服也一定要強迫她唱歌。「更別說遇上那些性格乖張的客人，稍有不稱心的，就砸酒杯、掀桌子，大聲辱罵，鴇母也不問青紅皂白，就講我接待不周。還有些惡劣的客人，徹夜蹂躪，不堪其擾。喜兒年輕，又是初來乍到，鴇母還是比較疼她的。」她說著，不知不覺地，淚水也隨著話語掉落，喜兒亦默然垂淚。我便將喜兒擁入懷裡，撫慰她。

這晚，我讓翠姑睡在外間的長榻上。因為她是和秀峰好的。

從那以後，每十天或五天，必派人來召。喜兒有時會親自放小艇到岸上來迎接。

我每次去都一定會叫上秀峰，不再邀別的客人，也不另放小艇。歡娛一宵，只需四圓番銀而已。秀峰常常是今天這個、明天那個，也就是俗稱的「跳槽」，甚至一次召倆。我每次只召喜兒一人。我偶爾隻身獨往，要麼在天臺上小酌，要麼就在寮內清談，不勞她唱歌，不強她多飲，對她極盡溫存體恤，引得一船的妓女們羨慕不已，都說就數她的小艇最安適自在。她們沒有客人的時候，只要知道我在寮內，必來相訪。整個揚幫的妓女，沒有一個不認識我的，每一次來，只要見到我的都會跟我打招呼，我只好左顧右盼，應接不暇，這種待遇，就算花再多的銀子也買不到啊！

我在那邊四個月，共花費白銀一百餘兩，得以嘗「荔枝鮮肉」，也算是生平快事。後來老鴇索價五百兩，逼迫我納喜兒為妾，我不勝其擾，便決計動身還鄉。秀峰已迷戀於此，便勸他乾脆買一個做妾，帶上她，仍由原路返回了蘇州。

第二年，秀峰又去了嶺南。父親不准我再去，便應了青浦楊明府之聘。後來秀峰回來，說起喜兒因為我沒再去找她，差點尋了短見。唉！真是「半年一覺揚幫夢，贏得花船薄倖名」。

我自粵東歸來，在青浦作幕兩年，無暢遊快事可述。

隨後便是芸娘和憨園相識，眾議沸騰，芸因之激憤致病。我便與程墨安合夥，在家門口附近開了一爿書畫鋪，勉強補貼一下醫藥的開銷。

中秋後第二天，吳雲客偕毛憶香、王星瀾來邀我遊西山小靜室，當時畫鋪的生意正忙，我就叫他們先去。吳說：「你若能來，明日午時在山前水踏橋的來鶴庵相候。」我說好。

次日，留程墨安一人守鋪，我獨步從閶門出城。到了山前，過水踏橋，沿著田埂往西，看到一座庵堂，坐北朝南，門帶清流。叩門問時，應門的人說:「客人何事？」我把事情一說，對方便笑道:「這是『得雲』，客人沒看見匾額上寫的嗎？『來鶴』已經過啦！」我說：「從橋上一路走來，沒看見有別的庵堂啊。」那人指向來路，說：「客人沒看見那邊的土牆圍起很多竹叢嗎？就是那裡。」

我又往回走，到了土牆下，小門緊閉。透過門縫往裡窺，短籬曲徑，綠竹猗猗，寂靜不聞人語，叩門也無人來應。有人路過，告訴我：「牆洞裡有塊敲門石，你要拿它來敲。」我試著連敲幾下，果然有小沙彌出來應門。

循著曲徑而入，過了一座小石橋，向西一折，才望見庵堂的正門，門楣上懸著一塊黑漆額匾，上有用金粉書寫的「來鶴」二字，後面還有很長的跋，無暇細看。進門便是韋陀殿，上下光潔，一塵不染，所謂「小靜室」應該就是這裡了吧。忽然看到左邊簷廊上有個小沙彌，正端著酒壺出來，我連忙大聲喝問，話剛落音便聽到星瀾在裡面笑道：「怎麼樣？我就說三白絕不會失信的！」旋即見雲客迎了出來，說：「等你吃早飯呢，怎麼這麼晚才來？」一名僧人跟在他身後走來，向我稽首作揖，一問才知道是竹逸和尚。

走入小靜室，原來只是三間小屋，額匾上寫著「桂軒」，庭院中有兩株桂花盛開。星瀾、憶香一齊起鬨：「遲到罰三杯！」席間，菜則葷精素潔，酒則黃白俱備。我問道：「你們遊了幾處啦？」雲客說：「昨天到這裡就很晚了，今早只遊了得雲、河亭兩處而已。」敘話間，推杯換盞，不覺暢飲良久。飯後，仍然自得雲、河亭開始，至華山而止，共遊了八九處，各得其妙，不能一一盡述。華山頂上的蓮花峰，因為天色欲晚，留等以後再遊。華山的桂花開得最繁盛，大家坐在花下品完一杯清茶，然後便乘著山轎直接回了來鶴庵。

桂軒東側，還有一間臨潔閣，已經擺好一桌酒菜。竹逸和尚話雖不多，卻非常好客，喝起酒來毫不含糊。席間先是折桂枝行花枝令，繼而每人輪番行酒令，一直暢飲到二更天。

我說：「今晚月色甚好，就此酣睡未免辜負明月，看哪裡比較高曠，何不前往賞月，才不枉此良辰美景啊？」竹逸說：「放鶴亭可以。」雲客說：「星瀾帶了琴來，這次來還沒聽他彈過呢，抱著琴去那裡一彈如何？」於是偕往登臨，一路上桂花飄香，樹林中銀輝似霜。月下長空，萬籟俱寂。聽星瀾彈《梅花三弄》，讓人飄飄欲仙。憶香亦雅興大發，從袖中抽出鐵笛，嗚嗚地吹了起來。雲客說：「今晚在石湖看月的那些人，誰能像我們這樣快活？」他說的是，八月十八日晚上蘇州石湖的盛會，很多人都聚在行春橋下欣賞串月奇觀，湖上遊船扎堆，笙歌曼舞，通宵達旦，名為看月，實則狎妓鬥酒而已。

不多時，月落霜寒，大家盡興而歸。第二天早晨，雲客問眾人道：「附近有座無隱庵，地處幽僻，你們當中可有人去過？」都說：「且不說沒去過，就是聽也不曾聽過。」竹逸說：「無隱庵群山環繞，不是一般的偏僻，庵裡連僧人都留不住。我很多年前去過一次，當時已經頹圮。後由尺木彭居士修葺一新，不過我再也沒去過了。但依稀還是有些印象的，你們要去的話，我可以帶路。」憶香說：「空腹去嗎？」竹逸笑道：「已經備好了素麵，我再叫一名弟子攜酒相隨。」

吃完麵，即徒步前往。途中經過高義園，雲客想去遊白雲精舍。進門就座之後，一個和尚慢吞吞地走出來，向雲客拱了拱手說：「兩月未聆教誨，城裡有何新聞？巡撫還在衙署嗎？」憶香忽然站起來，說了聲：「禿子！」便頭也不回地拂袖而去。我和星瀾差點沒笑出聲，也跟著走了出來。雲客、竹逸跟他客套了幾句之後，也趕緊出來了。

高義園即范文正公之墓。白雲精舍就位於墓畔，有軒室一間，正朝著石壁，上面吊滿了藤蘿，下面是人工挖鑿的水潭，名曰「缽盂泉」，寬約丈許，綠波蕩漾，金魚遊弋。軒室的布置風格幽雅，設有竹爐、茶灶；軒後是一大片綠林，從那裡可以俯瞰範園的全貌。只可惜，那和尚就是一俗夫，我們也就不堪久留了。

途中還經過了上沙村和雞籠山，就是我與鴻乾曾經登高的地方，風光如舊，而鴻乾已死，撫今懷昔，令人不勝唏嘘。

正惆悵間，腳下突然被流泉阻斷去了去路。有幾個村童正在亂草叢中採菌子，伸著腦袋衝我們笑，似乎這麼多人的到來讓他們很詫異。問他們無隱庵怎麼走，回答說：「前面的路已經被淹了，你們得返回數步，沿著南邊的小路，翻過那座山才行。」

照著他們說的，翻過山頭又往南走了一里多，竹叢灌木愈發蕪雜，這裡四面被大山環繞，路上覆滿了荒草，看上去已經很久沒有人來過了。竹逸和尚也只能走來走去，四處巡睃，嘴裡還嘀咕著：「好像是這裡啊，可是原來的路都不見了，怎麼辦呢？」我蹲下身細看，終於透過層層竹陣，隱約看到一座用亂石牆築起來的房舍。於是撥開竹叢闢出一條路來，穿行過去之後尋得一扇大門，上面寫著「無隱禪院，某年月日，南園老人彭某重修」，眾人歡喜道：「若非你眼尖，還真就像桃花源一樣『尋未果』了。」

院門緊閉，敲了很久都沒反應。倒是旁邊的小門，突然「咿呀」一聲開了，一名少年衣衫襤褸地走出來，面帶飢色，腳蹬破鞋，問道：「客人有事嗎？」竹逸上前稽首道：「貴地幽靜，令人神往，特來瞻仰。」少年說：「如此窮山惡水，寺裡的和尚都跑了，誰來接待你們？還是請到別處遊玩吧。」說完，關起門準備進去。雲客急忙叫住了他，並許諾如果讓我們進去，必當酬謝。少年笑道：「茶葉什麼的都沒有，我是怕怠慢了客人呢！豈是為了酬謝？」

院門一開，迎面就是佛殿，金光閃閃，與綠蔭相映。院前石基，青苔如繡，殿後臺級如牆，有石欄圍繞。沿臺西行，見一巨石，形如饅頭，高二丈許，並栽有細竹一圈環繞石腳。轉向北行，由斜廊拾級而上，有客堂三間正對著一塊大石，石下鑿有小月池，一泓清泉，水草豐盛。客堂的東側便是正殿，殿左西向為僧人的宿舍和廚房，殿後緊挨著峭壁，樹木叢雜，濃蔭遮天。

星瀾走累了，靠近池邊休息，我也跟隨他過去，正準備開啟酒盒與他小酌，忽然聽到憶香的聲音從樹頂上傳來：「三白快來，這裡有妙境！」抬頭望時，卻不見人影，於是和星瀾一道循著聲音找去。由東廂房出一小門，往北走，爬上一道幾十級的、像梯子似的石階，瞥見一座小樓隱藏在山坳處的竹林裡。又順著階梯登上小樓，樓開八扇大窗，匾上寫道「飛雲閣」。四面群山環抱，像城牆一樣密不透風，唯獨西南角缺了一塊，能遠遠望見一片水波連天，帆船隱現，即是太湖一瞥。憑窗俯瞰，風吹竹梢，像麥浪翻湧。

憶香說：「如何？」我說：「確實是妙境。」剛說完「妙境」，又聽見雲客在外面喊：「憶香快來，這裡還有妙境！」於是循聲跑下樓去，往西再爬十幾級臺階，一塊平地鋪在眼前，頓覺豁然開朗。我揣度著，這已經是在佛殿後面的峭壁之上了，還能看到殘磚和廢棄的地基，應該是舊殿的遺址吧。站在這裡環顧群山，視野比飛雲閣更開闊。憶香對著太湖一聲長嘯，群山齊應。於是席地而坐，舉杯開懷。忽然覺得肚子餓得難受，那少年提議煮一些鍋巴權當鍋賨茶，我們則讓他放棄煮茶，改用鍋巴煮粥。

粥端來了，便請他一塊吃。我們問他，這裡為何如此冷清，他說：「這附近都沒有住人，一到晚上，那些強盜便有恃無恐，庵裡的糧食多被他們強行奪去。即便種點蔬菜瓜果，也有一半都被山村的樵夫們摘去。這裡屬於崇寧寺的下院，僧廚每月中旬就給我們配送一石飯乾、一罈鹽菜而已。我是彭姓的後裔，暫時住在這裡看管，不過也很快要回老家了。不久之後，應該就會徹底荒廢吧。」雲客作為酬謝，給了他一圓番銀。

回到來鶴庵，大家僱船回家。我畫了一幅〈無隱圖〉，送給竹逸和尚，當作紀念。

這年冬天，我因給朋友擔保受連累，弄得家庭失和，不得不寄居於錫山華家。第二年春，我準備去揚州，但是錢不夠，正好老朋友韓春泉在上洋府幕，便去拜訪他。我當時衣著寒磣，不便進衙署裡找他，就遞了一張便條，約他在郡廟園的亭子裡見面。他出來見到我，得知我正為錢發愁，便慷慨解囊，以十兩白銀相助。郡廟園是洋商捐建的，占地極寬，只可惜園中諸景全都雜亂無章，後來另砌的假山，又過於整齊了，毫無參差錯落之美。

回來的路上，突然想起虞山勝景，正好有船去那裡，遂搭乘前去。時值仲春，桃李爭妍，我人在旅途，孑然一身，正苦於無人作伴，便揣著三百枚銅錢，信步來到虞山書院。書院依山傍水，饒有幽趣，可惜找了半天也沒找到院門，只能在牆外仰望，見院中林木正開花吐葉，一片嬌紅稚綠。後來問路才知院門的方位，前往的途中竟碰見有人搭著帳篷在路邊賣茶，便過去煮了一壺碧螺春。茶很不錯。我問虞山最好的景點是哪一處，一名遊客說：「從這裡出西關，靠近劍門一帶，便是虞山最佳勝景。你想去的話，我可以帶路。」我欣然隨之而去。

出西門，沿著山腳，上坡下坡，行約數里，遠遠看見前方山峰屹立，巨石橫嵌。走到跟前才發現，此峰從中間一分為二，兩側山壁凹凸不平，高數十仞，站在下面抬頭一望，感覺隨時都會傾倒下來。

那人說：「相傳上面有個神仙洞，能一睹仙境之美，只可惜無路可登啊。」我聽罷遊興大發，將袖子一挽、衣襬一卷，像猿猴似的攀緣而上，一口氣登上了峰頂。所謂的神仙洞，只有一丈多深，上面有道石縫，透過它能望見天空。

站在山壁頂上往下一看，嚇得腿直發軟。後來，我是肚子緊貼著山壁，手拽著藤蔓才慢慢地下來的。那人感慨萬分：「壯舉啊！還沒見過誰有你樣的豪興。」我已經口乾舌燥，便請他到村間的酒舍喝了三杯。這時太陽行將落下，別處也不能遊了，便撿了十幾塊赭石，抱在懷裡先回寓所，然後收拾好行李，搭夜航船到了蘇州，再連夜趕回錫山。這便是我愁苦時期的暢遊經歷。

嘉慶甲子年春天，遭遇先父去世的悲痛之後，我即將棄家遠走，是好友夏揖山將我挽留下來，並讓我先借住在他家裡。是年八月，又約我和他一塊到東海永泰沙去收租子。永泰沙隸屬崇明島，出了劉河口，航海百餘里才到，是不久前沉積而成的沙洲，連一條街道都沒有。茫茫蘆荻，絕少人煙，只有同行丁氏的幾十間倉庫，環繞這些倉庫的是一圈人工挖鑿的溝渠，渠堤上栽滿了柳樹。

丁氏，字實初，家住崇明島，是永泰沙的頭號商家。他的會計姓王，和丁氏一樣都是豪爽好客、不拘禮節的人，與我第一次見面就如同故交。來了客人，他們就殺豬宰羊；喝起酒來，必須把酒甕乾個底朝天。他們不懂詩文，行酒令只會划拳；他們唱歌就像鬼哭狼嚎，毫無音律可言；他們看戲，就是喝到酒酣耳熱的時候，指使工人們表演相撲和舞拳。他們養了一百多頭牛，全都露宿在渠堤上，還養了很多鵝，用來防海盜。白天，他們放出鷹和犬，驅趕著牠們到沙洲的蘆荻間去捕獵，獵物多為飛禽。我也跟在後面追趕，累了就倒地歇息。

田園裡，莊稼已成熟，每一字號都圍築起高堤，以防潮汛。堤埂設有水閘，天旱則漲潮時啟閘蓄水，天澇則落潮時開閘洩洪。佃戶們都住得較散，但有什麼事情的話，喊一聲就能齊集。他們極其忠誠、樸實，對其東家——他們稱之為「產主」——唯命是從，十分可愛。但也不能行不義之事來激怒他們，否則，他們會比豺狼老虎還凶橫；幸好只要一句話主持公道，就能使他們誠服。

海島氣候多變，環境惡劣，彷彿回到了遠古時代。躺在床上望窗外，眼前就是洪濤巨浪，枕邊響起陣陣潮聲，彷彿身陷沙場，金鼓齊鳴。一天夜裡，忽然看見數十里外的海面上漂著大紅燈籠，有竹筐那麼大，整個天空被紅光照亮，勢同失火。實初說：「那個地方出現了神燈神火，不久又將隆起一片新的沙田。」

揖山素來興致豪邁，自來此地，便愈加奔放了。我更是肆無忌憚，終日隨興之所至，或騎在牛背上狂歌，或醉倒在洲頭亂舞，經歷了此生最無拘束的一次浪遊，一直到十月，事情辦完了才回去。

家鄉蘇州虎丘山的名勝，我獨推後山千頃雲一處，劍池勉強位列其次吧，其餘的多半是靠人工鑿砌，匠氣十足，而且被輕薄脂粉所玷汙，已經失去了山林原本的樣子。即便是新築的白公祠、塔影橋，也只不過是名字好聽。至於冶坊濱，我戲改為「野芳濱」，尤其成了脂粉女子的巢穴，無非是襯托出她們的嬌豔而已。城中最著名的獅子林，雖出自倪雲林手筆，而且巧石玲瓏，古樹眾多，但大體而言，就跟煤渣堆沒什麼區別，苔蘚如痂、蟻穴潰爛，全無山林氣勢。我雖未遍遊，但以小見大，不覺其美。

靈岩山，乃吳王館娃宮故址，上面有西施洞、響屧廊、採香徑等名勝，然而全都氣勢散漫，空曠有餘而收束不足，比不上天平山和支硎山的別具幽趣。

鄧尉山又名元墓，西面背靠太湖，東面與錦峰相望，有綺麗的岩壁和高閣，風景如畫。山上居民種梅為業，梅花一開數十里，一眼望去，好似厚厚的積雪，故名「香雪海」。山的東側有四棵古柏，分別取名為「清、奇、古、怪」。「清」者挺直，枝葉繁茂，冠如綠蓋；「奇」者，臥地三曲，呈「之」字形；「古」者禿頂、扁闊，半邊已朽，像一隻手掌；「怪」者「捲髮」，從軀幹到枝條，莫不像螺紋。相傳這都是從漢代以前留下來的。

乙丑年初春，揖山的父親蒓鄉先生及其弟介石，率子姪四人前去袱山家祠祭祖掃墓，邀我同往。順著河道先到靈岩山，出虎山橋，再由費家河進入香雪海看梅花，袱山祠堂就隱藏在香雪海中。正好趕上梅花盛開的時節，連談吐中都透著一股清香。後來，我曾為介石畫了十二冊《袱山風木圖》。

這年九月，我跟隨石琢堂狀元赴四川重慶太守之任。我們乘船沿長江溯流而上，抵達皖城。皖山腳下有元末忠臣余公之墓，墓畔有三間屋宇，名「大觀亭」，面臨南湖，背倚潛山。大觀亭位於山脊上，在此遠眺，視野開闊。一側有長廊，北窗洞開。正值深秋，楓葉開始紅了，絢爛得像熟透了的桃李。和我一塊兒遊大觀亭的有蔣壽朋、蔡子琴。

南城外還有一座王氏園，整個園子東西向長、南北向窄，這是由於南邊臨湖，而北邊又緊挨著城牆所致。同時，地形的限制也增加了構景的難度，觀其建築結構，大多採用了重臺疊館的做法。所謂重臺，譬如在屋頂上再搭建一個月臺作為庭院，然後在上面疊砌石山，種植花木，讓遊人渾然不覺腳下有屋。庭院的下方自然是空的，但假山的下方則用泥土填實，所以花木還是能接地氣而活。所謂疊館，譬如在閣樓的頂上建軒室，軒室的屋頂又做成平台，上下錯落，重疊四層，也有小池，但池水不洩漏，竟讓人猜不出哪裡是空的、哪裡是實的。這種樓的根基全部用磚石砌成，承重柱則仿照西洋立柱的做法。幸而迎面便是南湖，視野無阻，比遊覽平地上的園亭更使人暢懷，算得上是人工景觀中的神作了。

武昌的黃鶴樓位於黃鵠磯上，後面連著黃鵠山，即俗稱的「蛇山」。黃鶴樓有三層，畫棟飛簷，屹立城邊，面臨漢江，與漢陽的晴川閣相望。我與琢堂冒雪登臨，仰視長空，漫天飛絮，遙看群山層林，銀裝素裹，恍同身在仙界。江中小艇來往奔波，縱橫顛沛，像那無根的落葉漂在水上，成為巨浪的玩物，此情此景，令追名逐利之心瞬間清醒。

黃鶴樓的牆上多的是古人題寫的詩句，但看過之後就忘了，我只記得有一副楹聯寫道：

何時黃鶴重來，且共倒金樽，澆洲渚千年芳草；但見白雲飛去，更誰吹玉笛，落江城五月梅花。

黃州赤壁在府城的漢川門外，屹立於江邊，壁如刀削斧砍，石色火紅，故名赤壁。《水經》裡面稱之為「赤鼻山」，東坡夜遊赤壁曾作前後二賦，說這裡是吳魏交兵之處，其實不然。石壁下面現已成了陸地，並築有一座「二賦亭」。

這年深冬抵達荊州，琢堂接到升任潼關道員的任命書，便將我留在了荊州，未能與他攜遊四川山水，甚為惆悵。當時琢堂入川，被留在荊州的還有他的兒子敦夫和眷屬，以及蔡子琴、席芝堂，我們全都住在劉氏廢園裡。我記得，廢園的廳匾上寫著「紫藤紅樹山房」。庭院圍有石欄，院中鑿方池一畝，池中建了一座亭，有石橋通往。亭後填土壘石，雜樹叢生。除此之外，多為空地，而樓閣也都已經頹圮了。

閒來無事，便吟詩放歌，又或者出去遊玩，或者聚在一起談天。年關將近，雖然缺錢短物，但大家都還是一片歡樂和洽，沒有酒喝，就把衣服當了去買酒，然後以敲鑼鼓為酒令。每晚必喝，每喝必行令，窘迫的時候，哪怕只有四兩燒酒，也少不了大行酒令。

期間遇見一位蔡姓同鄉，蔡子琴與他敘了敘宗譜，原來還是他的從姪，便請他帶我們遊覽名勝，去了府學前面的曲江樓，當年張九齡在荊州任長史時，曾在樓上賦詩。朱子也有詩曰：「相思欲回首，但上曲江樓。」

城牆上還有一座雄楚樓，為五代時高氏所建，規模雄峻，能望見數百里外。繞著城牆的河堤上，種著一圈垂柳，小船在柳下蕩著槳划來划去，頗多詩情畫意。荊州府的衙署便是昔日關羽的帥府，儀門內有一個青石馬槽，已經斷裂，相傳即為赤兔馬的食槽。

又去了城西的小湖上尋訪羅含的故宅，沒找到，又到城北去尋宋玉故宅。當年庾信遇侯景之亂，逃隱江陵，就住在宋玉的故宅，後來一度改為酒家，如今已無從辨認矣。

這年的除夕，雪後的荊州極冷。我們這些在異鄉過年的人，免除了賀歲的煩擾，每天就是以燃紙炮、放紙鳶、扎紙燈為樂。緊接著春天就來了，花開，雨落，琢堂諸妾攜年幼兒女們順江而下，回蘇州去了；他的兒子敦夫則收拾行裝，隨我們一道啟程，由樊城登陸，直奔潼關。

由秦嶺南面的閿鄉縣西出函谷關，有「紫氣東來」四個字，這便是當年老子騎青牛經過的地方。兩山之間的夾道，只能容兩匹馬並行，行約十里便到了潼關。潼關南踞峭壁，北臨黃河，關隘就在山河之間扼喉而起，重樓壘堆，極其雄峻。這裡人煙稀少，亦無車馬之喧，王昌黎的詩「日照潼關四扇開」，恐怕也是說它冷清吧？

城中官職，道員之下，僅有一名別駕而已。道署緊靠北城牆，後面有園圃，橫豎約三畝。東西兩側各鑿一池，水從西南牆外引入，先是向東流至兩池之間，然後再分流成三股：一股向南引至大廚房，以供日用；一股向東，流入東側的水池；還有一股先向北，又折向西，由石雕的螭龍口中噴入西側水池，再繞至西北，設閘門瀉出，於城牆腳下再轉向正北，由水門洞中穿出城牆，直下黃河，日夜環流不息，水聲琮琤，清脆滌耳。園中竹樹繁密，濃蔭遮天。

西側池中築有一亭，亭下荷花圍繞。東面還有朝南的書室三間，庭中搭起葡萄架，架下置方石為桌，可以下棋、飲酒，此外皆為菊畦。西面有朝東的軒屋三間，坐在裡面能聽見流水聲。軒室南壁設有小門，可通內室；北窗下另鑿小池，池的北邊有小廟，供著花神。園子的正中間建有三層樓閣，緊靠北城牆，並與城牆齊高，從閣樓上看城牆腳下，就是黃河了。黃河之北，山如屏障，已然是山西地界。真乃洋洋大觀也！

我住在園子南端，一棟船式的建築裡。庭院當中有座土山，山頂的小亭上可以一覽園子的概貌，四面都是綠蔭籠罩，夏天完全感覺不到暑氣。琢堂特為我題寫了齋名：「不繫之舟」。這是我遊幕以來最喜歡的居室了。土山之間，遍栽菊花數十種，可惜還沒開出花骨朵，琢堂又被調任山東按察使，他的眷屬都搬到潼川書院去住了，我也一同搬往。

琢堂先赴任，我與子琴、芝堂等人閒來無事，便經常出遊。騎馬到華陰廟，探訪了華封里，就是當年百姓為堯帝三祝祈禱處。華陰廟內有不少秦漢年間的槐柏，得三四個人才能合抱，還有從槐樹的懷中長出柏樹的，或從柏樹的懷中長出槐樹的。殿廷中古碑甚多，其中有陳希夷寫的「福」、「壽」二字。華山腳下有玉泉院，希夷先生即在此仙逝。有石洞如斗室，石床上雕有先生的臥像；此地水淨沙明，水草多為絳色，泉流湍急，修竹環繞。洞外有一座方亭，題為「無憂亭」，旁邊有三株古樹，樹皮皴裂如炭，樹名不得而知，看葉子像槐樹，只是顏色更深。當地居民乾脆叫它「無憂樹」。華山之高不知幾千仞，可惜我們沒備乾糧，不敢貿然攀登。回來的路上經過一片柿林，柿子正黃，我坐在馬背上伸手摘來就吃，村民連忙制止，不聽，一口咬下去澀得要死，急忙吐去。下馬找泉水漱了口，這才能開口說話，村民們大笑。原來柿子摘下來後，必須在沸水裡煮過才能除澀，我哪裡知道！

十月初，琢堂從山東派人來接家眷。於是出潼關，經由河南進入山東境內。

山東濟南城內，西有大明湖，湖中有歷下亭、水香亭諸勝景。一到夏天便柳蔭濃濃，蓮花吐香，在湖上泛舟飲酒，極有幽趣。後來我又去過一次，那是冬天，但見殘柳寒煙，湖水茫茫而已。趵突泉為濟南七十二泉之冠，泉分三窟迸發，從地底翻湧而上，像沸水一樣滾滾出水面。所有的泉水都是從上往下流，只有趵突泉是從地下湧上來的，也算是一大奇觀。池上有樓閣，供著呂洞賓祖師像，遊人大多在這裡品茶。

次年二月，我入幕萊陽。至丁卯年秋，琢堂降官翰林，我亦隨他入京。登州著名的海市蜃樓，竟無緣一見。

明－沈周－東莊圖冊之東城

明－沈周－東莊圖冊之西溪

明－沈周－東莊圖冊之拙修庵

明－沈周－東莊圖冊之北港

明－沈周－東莊圖冊之朱櫻徑

明－沈周－東莊圖冊之麥山

明－沈周－東莊圖冊之艇子浜

明ㄧ沈周ㄧ東莊圖冊之果林

明－沈周－東莊圖冊之振衣崗

明－沈周－東莊圖冊之桑州

明－沈周－東莊圖冊之全真館

明－沈周－東莊圖冊之菱豪

明－沈周－東莊圖冊之南港

明一沈周一東莊圖冊之曲池

明－沈周－東莊圖冊之折桂橋

明－沈周－東莊圖冊之稻畦

明－沈周－東莊圖冊之耕息軒

明－沈周－東莊圖冊之竹田

明－沈周－東莊圖冊之續古堂

明－沈周－東莊圖冊之鶴洞

明－沈周－東莊圖冊之知樂亭

原文及注釋

〖閨房記樂〗

余生乾隆癸未冬十一月二十有二日，正值太平盛世，且在衣冠之家[001]，居蘇州滄浪亭畔。天之厚我，可謂至矣。東坡云：「事如春夢了無痕」，苟不記之筆墨，未免有辜彼蒼之厚。因思〈關雎〉冠三百篇之首，故列夫婦於首卷，余以次遞及焉。所愧少年失學，稍識「之無」，不過記其實情實事而已。若必考訂其文法，是責明於垢鑑矣。

余幼聘金沙於氏，八齡而夭。娶陳氏。陳名芸，字淑珍，舅氏心餘先生女也。生而穎慧，學語時，口授〈琵琶行〉，即能成誦。四齡失怙，母金氏，弟克昌，家徒壁立。芸既長，嫻女紅，三口仰其十指供給，克昌從師，脩脯[002]無缺。一日，於書簏中得〈琵琶行〉，挨字而認，始識字。刺繡之暇，漸通吟詠，有「秋侵人影瘦，霜染菊花肥」之句。

余年十三，隨母歸寧，兩小無嫌，得見所作，雖嘆其才思雋秀，竊恐其福澤不深，然心注不能釋，告母曰：「若為兒擇婦，非淑姊不娶。」母亦愛其柔和，即脫金約指[003]締姻焉。此乾隆乙未七月十六日也。是年冬，值其堂姊出閣，余又隨母往。芸與余同齒而長余十月，自幼姊弟相呼，故仍呼之曰淑姊。時但見滿室

[001] 衣冠之家：縉紳、士大夫之家。在古代，士以上的身分才有資格戴冠。
[002] 脩（ㄒㄧㄡ）脯：乾肉，舊時亦指敬送老師的禮物或酬金。
[003] 約指：戒指。

鮮衣，芸獨通體素淡，僅新其鞋而已。見其繡制精巧，詢為己作，始知其慧心不僅在筆墨也。其形削肩長項，瘦不露骨，眉彎目秀，顧盼神飛，唯兩齒微露，似非佳相。一種纏綿之態，令人之意也消。索觀詩稿，有僅一聯，或三四句，多未成篇者。詢其故，笑曰：「無師之作，願得知己堪師者敲成之耳。」余戲題其籤曰「錦囊佳句」[004]。不知夭壽之機，此已伏矣。

是夜，送親城外，返已漏三下，腹飢索餌，婢嫗以棗脯進，余嫌其甜。芸暗牽余袖，隨至其室，見藏有暖粥並小菜焉，余欣然舉箸。忽聞芸堂兄玉衡呼曰：「淑妹速來！」芸急閉門曰：「已疲乏，將臥矣。」玉衡擠身而入，見余將吃粥，乃笑睨芸曰：「頃我索粥，汝曰『盡矣』，乃藏此專待汝婿耶？」

芸大窘避去，上下譁笑之。余亦負氣，挈老僕先歸。

自吃粥被嘲，再往，芸即避匿，余知其恐貽人笑也。

至乾隆庚子正月二十二日花燭之夕，見瘦怯身材依然如昔，頭巾既揭，相視嫣然。合巹[005]後，並肩夜膳，余暗於案下握其腕，暖尖滑膩，胸中不覺怦怦作跳。讓之食，適逢齋期，已數年矣。暗計吃齋之初，正余出痘之期，因笑謂曰：「今我光

---

[004] 錦囊佳句：語出李商隱〈李長吉小傳〉：「恆從小奚奴，騎巨驢，背一古破錦囊，遇有所得，即書投囊中。」唐代詩人李賀外出必帶一錦囊，途中想到佳句，即寫下放入囊中。李賀（字長吉）英年早逝，而陳芸後來也是中年病逝，故下文道「夭壽之機，此已伏矣」。

[005] 合巹（ㄐㄧㄣˇ）：古代婚禮中的一種儀式。剖一葫蘆為兩瓢，新婚夫婦各執一瓢，斟酒以飲。巹，瓢。

鮮無恙，姊可從此開戒否？」芸笑之以目，點之以首。

廿四日為余姊於歸，廿三國忌不能作樂，故廿二之夜即為余姊款嫁。芸出堂陪宴，余在洞房與伴娘對酌，拇戰輒北[006]，大醉而臥，醒則芸正曉妝未竟也。

是日，親朋絡繹，上燈後始作樂。

廿四子正，余作新舅送嫁，醜末歸來，業已燈殘人靜。悄然入室，伴嫗盹於床下，芸卸妝尚未臥，高燒銀燭，低垂粉頸，不知觀何書而出神若此。因撫其肩曰：「姊連日辛苦，何猶孜孜不倦耶？」芸忙回首起立曰：「頃正欲臥，開櫥得此書，不覺閱之忘倦。《西廂》之名，聞之熟矣，今始得見，真不愧才子之名，但未免形容尖薄耳。」余笑曰：「唯其才子，筆墨方能尖薄。」伴嫗在旁促臥，令其閉門先去。遂與比肩調笑，恍同密友重逢。戲探其懷，亦怦怦作跳，因俯其耳曰：「姊何心春乃爾耶？」芸回眸微笑。便覺一縷情絲搖人魂魄，擁之入帳，不知東方之既白。

芸作新婦，初甚緘默，終日無怒容，與之言，微笑而已。事上以敬，處下以和，井井然未嘗稍失。每見朝暾上窗，即披衣急起，如有人呼促者然。余笑曰：「今非吃粥比矣，何尚畏人嘲耶？」芸曰：「曩[007]之藏粥待君，傳為話柄；今非畏嘲，恐堂

[006]　拇戰輒北：猜拳總是輸。輒，總是。北，敗北。

[007]　曩（ㄋㄤˇ）：以往，從前。

上[008]道新娘懶惰耳。」余雖戀其臥而德其正，因亦隨之早起。自此耳鬢相磨，親同形影，愛戀之情有不可以言語形容者。

而歡娛易過，轉睫彌月。時吾父稼夫公在會稽幕府，專役相迓[009]，受業於武林趙省齋先生門下。先生循循善誘，余今日之尚能握管，先生力也。歸來完姻時，原訂[010]隨侍到館，聞信之餘，心甚悵然，恐芸之對人墮淚。而芸反強顏勸勉，代整行裝。是晚，但覺神色稍異而已。臨行，向余小語曰：「無人調護，自去經心！」

及登舟解纜，正當桃李爭妍之候，而余則恍同林鳥失群，天地異色！

到館後，吾父即渡江東去。居三月，如十年之隔。芸雖時有書來，必兩問一答，半多勉勵詞，餘皆浮套語，心殊怏怏。每當風生竹院，月上蕉窗，對景懷人，夢魂顛倒。先生知其情，即致書吾父，出十題而遣余暫歸，喜同戍人[011]得赦。

登舟後，反覺一刻如年。及抵家，吾母處問安畢，入房，芸起相迎，握手未通片語，而兩人魂魄恍恍然化煙成霧，覺耳中惺然[012]一響，不知更有此身矣。

---

[008] 堂上：父母。此指公公婆婆。

[009] 專役相迓（ㄧㄚˋ）：專門派人來接。役，派遣；迓，迎接。

[010] 原訂：原來約定好的。

[011] 戍人：古代駐守邊關的將士。

[012] 惺然：象聲詞。

時當六月，內室炎蒸，幸居滄浪亭愛蓮居西間壁，板橋內一軒臨流，名曰「我取」，取「清斯濯纓，濁斯濯足」[013] 意也。簷前老樹一株，濃陰覆窗，人面俱綠。隔岸遊人往來不絕，此吾父稼夫公垂簾宴客處也。稟命吾母，攜芸消夏於此。因暑罷繡，終日伴余課書論古、品月評花而已。芸不善飲，強之可三杯，教以射覆 [014] 為令。自以為人間之樂，無過於此矣。

一日，芸問曰：「各種古文，宗何為是？」

余曰：「《國策》、《南華》取其靈快；匡衡、劉向取其雅健；史遷、班固取其博大；昌黎取其渾；柳州取其峭；廬陵取其宕；三蘇取其辯，他若賈、董策對，庾、徐駢體，陸贄奏議，取資者不能盡舉，在人之慧心領會耳。」

芸曰：「古文全在識高氣雄，女子學之恐難入彀 [015]，唯詩之一道，妾稍有領悟耳。」

余曰：「唐以詩取士，而詩之宗匠必推李、杜，卿愛宗何人？」

芸發議曰：「杜詩錘鍊精純，李詩瀟灑落拓。與其學杜之森嚴，不如學李之活潑。」

---

[013] 清斯濯纓，濁斯濯足：《孟子． 離婁上》：「有孺子歌曰：『滄浪之水清兮，可以濯我纓；滄浪之水濁兮，可以濯我足。』孔子曰：『小子聽之。清斯濯纓，濁斯濯足矣。自取之也。』」故軒名「我取」。

[014] 射覆：古時的一種猜物遊戲，用甌、盂等器具覆蓋一個物件，猜中者贏。常用來當作酒令。

[015] 入彀（ㄍㄡˋ）：合乎一定的程式和標準。彀，箭靶。

余曰：「工部為詩家之大成，學者多宗之，卿獨取李，何也？」

芸曰：「格律謹嚴，詞旨老當，誠杜所獨擅；但李詩宛如姑射仙子，有一種落花流水之趣，令人可愛。非杜亞於李，不過妾之私心宗杜心淺，愛李心深。」

余笑曰：「初不料陳淑珍乃李青蓮知己。」

芸笑曰：「妾尚有啟蒙師白樂天[016]先生，時感於懷，未嘗稍釋。

余曰：「何謂也？」

芸曰：「彼非作〈琵琶行〉者耶？」

余笑曰：「異哉！李太白是知己，白樂天是啟蒙師，余適字『三白』，為卿婿，卿與『白』字何其有緣耶？」

芸笑曰：「『白』字有緣，將來恐白字連篇耳（吳音呼別字為白字）。」相與大笑。

余曰：「卿既知詩，亦當知賦之棄取。」

芸曰：「《楚辭》為賦之祖，妾學淺費解。就漢、晉人中，調高語鍊，似覺相如為最。」

余戲曰：「當日文君之從長卿[017]，或不在琴而在此乎？」

---

[016] 白樂天：白居易，字樂天。

[017] 長卿：司馬相如，字長卿，西漢著名辭賦家。

復相與大笑而罷。

余性爽直，落拓不羈；芸若腐儒，迂拘多禮。偶為披衣整袖，必連聲道「得罪」；或遞巾授扇，必起身來接。余始厭之，曰：「卿欲以禮縛我耶？語曰：『禮多必詐。』」芸兩頰發赤，曰：「恭而有禮，何反言詐？」余曰：「恭敬在心，不在虛文。」

芸曰：至親莫如父母，可內敬在心而外肆狂放耶？」余曰：「前言戲之耳。」芸曰：「世間反目，多由戲起，後勿冤妾，令人鬱死！」余乃挽之入懷，撫慰之，始解顏為笑。自此「豈敢」、「得罪」竟成語助詞矣。

鴻案相莊[018]廿有三年，年愈久而情愈密。家庭之內，或暗室相逢、窄途邂逅，必握手問曰：「何處去？」私心忒忒[019]，如恐旁人見之者。實則同行並坐，初猶避人，久則不以為意。芸或與人坐談，見余至，必起立偏挪其身，余就而並焉，彼此皆不覺其所以然者，始以為慚，繼成不期然而然[020]。獨怪老年夫婦相視如仇者，不知何意？或曰：「非如是，焉得白頭偕老哉？」斯言誠然歟？

是年七夕，芸設香燭瓜果，同拜天孫[021]於我取軒中。余鐫

---

[018] 鴻案相莊：指夫妻相敬如賓。典出《後漢書．逸民傳．梁鴻》：「鴻家貧而有節操。妻孟光，有賢德。每食，光必對鴻舉案齊眉，以示敬重。」

[019] 忒忒：象聲詞。常用以形容心臟或肌肉的異常跳動。此處指小心謹慎的樣子。

[020] 不期然而然：不期望如此而竟然如此。

[021] 天孫：織女星，民間相傳，織女是天帝的孫女。古代女子於七夕祭拜織女，是為了祈求織繡手巧。

「願生生世世為夫婦」圖章二方，余執朱文，芸執白文，以為往來書信之用。

是夜，月色頗佳，俯視河中，波光如練，輕羅小扇，並坐水窗，仰見飛雲過天，變態萬狀。

芸曰：「宇宙之大，同此一月，不知今日世間，亦有如我兩人之情興否？」余曰：「納涼玩月，到處有之。若品論雲霞，或求之幽閨繡闥[022]，慧心默證[023]者固亦不少。若夫婦同觀，所品論者恐不在此雲霞耳。」

未幾，燭燼月沉，撤果歸臥。

七月望，俗謂之鬼節。芸備小酌，擬邀月暢飲。夜忽陰雲如晦，芸愀然曰：「妾能與君白頭偕老，月輪當出。」余亦索然。但見隔岸螢光明滅萬點，梳織於柳堤蓼渚[024]間。余與芸聯句[025]以遣悶懷，而兩韻之後，逾聯逾縱，想入非夷，隨口亂道。芸已漱涎涕淚，笑倒余懷，不能成聲矣。覺其鬢邊茉莉濃香撲鼻，因拍其背，以他詞解之曰：「想古人以茉莉形色如珠，故供助妝壓鬢，不知此花必沾油頭粉面之氣，其香更可愛，所供佛手當退三舍矣。」芸乃止笑曰：「佛手乃香中君子，只在有

---

[022] 幽閨繡闥（ㄊㄚˋ）：指出身較好的未婚女子。幽閨，深閨，女子臥室。繡闥，裝飾華麗的門。

[023] 默證：默默地體悟。

[024] 蓼渚（ㄌㄧㄠˇ ㄓㄨˇ）：草洲。蓼，水蓼，一年生草本植物，多生長在水邊或水中。渚，水中的小塊陸地，小洲。

[025] 聯句：古代一種作詩方式，由兩人或多人共作一詩，每人出一句或多句，聯結成篇。

意無意間。茉莉是香中小人，故須借人之勢，其香也如脅肩諂笑[026]。」余曰：「卿何遠君子而近小人？」芸曰：「我笑君子愛小人耳。」

正話間，漏已三滴，漸見風掃雲開，一輪湧出，乃大喜。倚窗對酌，酒未三杯，忽聞橋下鬨然一聲，如有人墮。就窗細矚，波明如鏡，不見一物，唯聞河灘有隻鴨急奔聲。余知滄浪亭畔素有溺鬼，恐芸膽怯，未敢即言。芸曰：「噫！此聲也，胡為乎來哉？」不禁毛骨皆慄。急閉窗，攜酒歸房。一燈如豆，羅帳低垂，弓影杯蛇，驚神未定。剔燈入帳，芸已寒熱大作。余亦繼之，困頓兩旬。真所謂樂極災生，亦是白頭不終之兆。

中秋日，余病初癒。以芸半年新婦，未嘗一至間壁之滄浪亭，先令老僕約守者勿放閒人。於將晚時，偕芸及余幼妹，一嫗一婢扶焉，老僕前導，過石橋，進門折東，曲徑而入。疊石成山，林木蔥翠。亭在土山之巔，循級至亭心，周望極目可數里，炊煙四起，晚霞爛然。隔岸名「近山林」，為大憲行臺[027]宴集之地，時正誼書院猶未啟也。攜一毯設亭中，席地環坐，守者烹茶以進。

少焉，一輪明月已上林梢，漸覺風生袖底，月到波心[028]，

---

[026] 脅肩諂笑：聳起肩膀，裝出笑臉。形容極端諂媚。

[027] 大憲行臺：官員巡遊時的駐所。大憲，清代地方官員對總督或巡撫的稱謂。行臺，臨時辦公、居住的地方。

[028] 月到波心：月亮映在水中央。宋代高僧翠岩可真禪師有偈：「無雲生嶺上，有月落波心。」

俗慮塵懷，爽然頓釋。芸曰：「今日之遊樂矣！若駕一葉扁舟，往來亭下，不更快哉！」時已上燈，憶及七月十五夜之驚，相扶下亭而歸。吳俗，婦女是晚不拘大家小戶皆出，結隊而遊，名曰「走月亮」。滄浪亭幽雅清曠，反無一人至者。

吾父稼夫公喜認義子，以故余異姓弟兄有二十六人。吾母亦有義女九人，九人中王二姑、俞六姑與芸最和好。王痴憨善飲，俞豪爽善談。每集，必逐余居外，而得三女同榻，此俞六姑一人計也。余笑曰：「俟妹於歸後，我當邀妹丈來，一住必十日。」俞曰：「我亦來此，與嫂同榻，不大妙耶？」芸與王微笑而已。

時為吾弟啟堂娶婦，遷居飲馬橋之倉米巷，屋雖宏暢，非復滄浪亭之幽雅矣。

吾母誕辰演劇，芸初以為奇觀。吾父素無忌諱，點演《慘別》等劇，老伶刻劃，見者情動。余窺簾見芸忽起去，良久不出，入內探之，俞與王亦繼至。見芸一人支頤[029]獨坐鏡奩之側，余曰：「何不快乃爾？」芸曰：觀劇原以陶情，今日之戲徒令人斷腸耳。」俞與王皆笑之。余曰：「此深於情者也。」俞曰：「嫂將竟日獨坐於此耶？」芸曰：「俟有可觀者再往耳。」王聞言先出，請吾母點《刺梁》、《後索》等劇，勸芸出觀，始稱快。

余堂伯父素存公早亡，無後，吾父以余嗣[030]焉。墓在西跨塘

[029] 支頤：以手托腮。頤，頰，腮。
[030] 嗣：本文指過繼。

福壽山祖塋之側，每年春日，必挈芸拜掃。王二姑聞其地有戈園之勝，請同往。芸見地下小亂石有苔紋，斑駁可觀，指示余曰：「以此疊盆山，較宣州白石為古致。」余曰：「若此者恐難多得。」王曰：「嫂果愛此，我為拾之。」即向守墳者借麻袋一，鶴步[031]而拾之，每得一塊，余曰「善」，即收之；余曰「否」，即去之。未幾，粉汗盈盈，拽袋返曰：「再拾則力不勝矣。」芸且揀且言曰：「我聞山果收穫，必借猴力，果然。」王憤撮十指作哈癢狀，余橫阻之，責芸曰：「人勞汝逸，猶作此語，無怪妹之動憤也。」

歸途遊戈園，稚綠嬌紅，爭妍競媚。王素憨，逢花必折，芸叱曰：「既無瓶養，又不簪戴，多折何為？」王曰：「不知痛癢者，何害？」余笑曰：「將來罰嫁麻面多鬚郎，為花洩忿。」王怒余以目，擲花於地，以蓮鉤[032]撥入池中，曰：「何欺侮我之甚也！」芸笑解之而罷。

芸初緘默，喜聽余議論。余調其言，如蟋蟀之用纖草，漸能發議。其每日飯必用茶泡，喜食芥鹵乳腐，吳俗呼為臭乳腐，又喜食蝦鹵瓜。此二物余生平所最惡者，因戲之曰：「狗無胃而食糞，以其不知臭穢；蜣螂團糞而化蟬，以其欲修高舉也。卿其狗耶？蟬耶？」芸曰：「腐取其價廉而可粥可飯，幼時食慣，今至君家，已如蜣螂化蟬，猶喜食之者，不忘本也。至鹵瓜之味，到此初嘗耳。」余曰：「然則我家系狗竇耶？」

---

[031]　鶴步：形容踮著腳步撿石頭的樣子。

[032]　蓮鉤：古代女子纏的小腳，三寸金蓮，形狀如鉤。

芸窘而強解曰：「夫糞，人家皆有之，要在食與不食之別耳。然君喜食蒜，妾亦強啖之。腐不敢強，瓜可掩鼻略嘗，入咽當知其美，此猶無鹽，[033]貌醜而德美也。」余笑曰：「卿陷我作狗耶？」芸曰：「妾作狗久矣，屈君試嘗之。」以箸強塞余口。余掩鼻咀嚼之，似覺脆美，開鼻再嚼，竟成異味，從此亦喜食。芸以麻油加白糖少許拌鹵腐，亦鮮美；以鹵瓜搗爛拌鹵腐，名之曰雙鮮醬，有異味。余曰：「始惡而終好之，理之不可解也。」芸曰：「情之所鍾，雖醜不嫌。」

余啟堂弟婦，王虛舟先生孫女也。催妝時偶缺珠花，芸出其納采所受者呈吾母。婢嫗旁惜之，芸曰：「凡為婦人，已屬純陰，珠乃純陰之精，用為首飾，陽氣全克矣，何貴焉？」而於破書殘畫反極珍惜。書之殘缺不全者，必蒐集分門，匯訂成帙，統名之曰「斷簡殘編」；字畫之破損者，必覓故紙粘補成幅，有破缺處，倩[034]予全好而卷之，名曰「棄餘集」。賞於女紅、中饋[035]之暇，終日瑣瑣，不憚煩倦。芸於破笥[036]爛卷中，偶獲片紙可觀者，如得異寶。舊鄰馮嫗每收亂卷賣之。

其癖好與余同，且能察眼意、懂眉語，一舉一動，示之以色，無不頭頭是道。

---

[033] 無鹽：戰國時齊宣王之妻鍾離春。因是無鹽人，故名。貌醜而有德。

[034] 倩（ㄑㄧㄢˋ）：請，央求。

[035] 中饋：指做飯等家務事。

[036] 笥（ㄙˋ）：方形竹筐，用來盛食物或衣物。

余嘗曰：「惜卿雌而伏，苟能化女為男，相與訪名山，搜勝蹟，遨遊天下，不亦快哉！」

芸曰：「此何難，俟妾鬢斑之後，雖不能遠遊五嶽，而近地之虎阜、靈岩，南至西湖，北至平山，儘可偕遊。」

余曰：「恐卿鬢斑之日，步履已艱。」芸曰：「今世不能，期以來世。」余曰：「來世卿當作男，我為女子相從。」

芸曰：「必得不昧今生，方覺有情趣。」余笑曰：「幼時一粥猶談不了，若來世不昧今生，合巹之夕，細談隔世，更無闔眼時矣。」芸曰：「世傳月下老人專司人間婚姻事，今生夫婦已承牽合，來世姻緣亦須仰借神力，盍繪一像祀之？」

時有苕溪戚柳堤，名遵，善寫人物。倩繪一像：一手挽紅絲，一手攜杖懸姻緣簿，童顏鶴髮，奔馳於非煙非霧中。此戚君得意筆也。友人石琢堂為題讚語於首，懸之內室。每逢朔望，余夫婦必焚香拜禱。後因家庭多故，此畫竟失所在，不知落在誰家矣。「他生未卜此生休」，兩人痴情，果邀神鑑耶？

遷倉米巷，余顏[037]其臥樓曰「賓香閣」，蓋以芸名而取如賓意也。院窄牆高，一無可取。後有廂樓，通藏書處，開窗對陸氏廢園，但有荒涼之象。滄浪風景，時切芸懷。

有老嫗居金母橋之東、埂巷之北。繞屋皆菜圃，編籬為門，門外有池約畝許，花光樹影，錯雜籬邊。其地即元末張士

[037] 顏：在匾額上題字。

誠王府廢基也。屋西數武[038]，瓦礫堆成土山，登其巔，可遠眺，地曠人稀，頗饒野趣。嫗偶言及，芸神往不置[039]，謂余曰：「自別滄浪，夢魂常繞，今不得已而思其次，其老嫗之居乎？」余曰：「連朝秋暑灼人，正思得一清涼地以消長晝，卿若願往，我先觀其家，可居，即襆被[040]而往，作一月盤桓，何如？」芸曰：「恐堂上不許。」余曰「我自請之。」越日至其地，屋僅二間，前後隔而為四，紙窗竹榻，頗有幽趣。老嫗知余意，欣然出其臥室為賃，四壁糊以白紙，頓覺改觀。

於是稟知吾母，挈芸居焉。鄰僅老夫婦二人，灌園[041]為業。知余夫婦避暑於此，先來通殷勤，並釣池魚、摘園蔬為饋。償其價，不受，芸作鞋報之，始謝而受。

時方七月，綠樹陰濃，水面風來，蟬鳴聒耳。鄰老又為制魚竿，與芸垂釣於柳陰深處。日落時，登土山觀晚霞夕照，隨意聯吟，有「獸雲吞落日，弓月彈流星」之句。少焉，月印池中，蟲聲四起，設竹榻於籬下，老嫗報酒溫飯熟，遂就月光對酌，微醺而飯。浴罷則涼鞋蕉扇，或坐或臥，聽鄰老談因果報應事。三鼓歸臥，周體清涼，幾不知身居城市矣。

籬邊倩鄰老購菊，遍植之。九月花開，又與芸居十日。吾

---

[038]　武：量詞，古以六尺為步，半步為武。

[039]　不置：指一念在心，不能放棄。

[040]　襆（ㄆㄨˊ）被：整理行裝。襆，包紮，裹。

[041]　灌園：灌溉菜園。

母亦欣然來觀，持螯[042]對菊，賞玩竟日。芸喜曰：「他年當與君卜築[043]於此，買繞屋菜園十畝，課[044]僕嫗，植瓜蔬，以供薪水。君畫我繡，以為持酒之需。布衣菜飯，可樂終身，不必作遠遊計也。」余深然之。今即得有境地，而知己淪亡，可勝浩嘆！離余家半里許，醋庫巷有洞庭君祠[045]，俗呼水仙廟。迴廊曲折，小有園亭。每逢神誕，眾姓各認一落，密懸一式之玻璃燈，中設寶座，旁列瓶几，插花陳設，以較勝負。日惟演戲，夜則參差高下，插燭於瓶花間，名曰「花照」。花光燈影，寶鼎香浮，若龍宮夜宴。司事者或笙簫歌唱，或煮茗清談，觀者如蟻集，簷下皆設欄為限。余為眾友邀去，插花布置，因得躬逢其盛。

歸家向芸豔稱之，芸曰：「惜妾非男子，不能往。」余曰：「冠我冠，衣我衣，亦化女為男之法也。」於是易髻為辮，添掃蛾眉，加余冠，微露兩鬢，尚可掩飾，服余衣，長一寸又半；於腰間折而縫之，外加馬褂。芸曰：「腳下將奈何？」余曰：「坊間有蝴蝶履，大小由之，購亦極易，且早晚可代撒鞋[046]之用，

[042] 螯：螃蟹等節肢動物的變形的第一對腳，形狀像鉗子，能開合，用來取食或自衛。此處指螃蟹。

[043] 卜築：擇地建築住宅，即定居之意。

[044] 課：督促對方完成指定的工作。

[045] 洞庭君祠：俗名水仙廟，廟裡所供者為古代書生柳毅。據唐代李朝威《柳毅傳》載，柳毅幫助洞庭龍王幼女傳信給龍王，才將她從不幸的婚姻中解救出來。龍女出於感激而嫁給柳毅，柳遂成仙。

[046] 撒（ㄙㄚ）鞋：拖鞋。

不亦善乎？」芸欣然。

及晚餐後，裝束既畢，效男子拱手闊步者良久，忽變卦曰：「妾不去矣，為人識出既不便，堂上聞之又不可。」余慫恿曰：「廟中司事者誰不知我，即識出亦不過付之一笑耳。吾母現在九妹丈家，密去密來，焉得知之？」

芸攬鏡自照，狂笑不已。余強挽之，悄然徑去，遍遊廟中，無識出為女子者。或問何人，以表弟對，拱手而已。最後至一處，有少婦幼女坐於所設寶座後，乃楊姓司事者之眷屬也。芸忽趨彼通款曲[047]，身一側，而不覺一按少婦之肩，旁有婢媪怒而起曰：「何物狂生，不法乃爾！」余欲為措詞掩飾，芸見勢惡，即脫帽翹足示之曰：「我亦女子耳。」相與愕然，轉怒為歡，留茶點，喚肩輿[048]送歸。

吳江錢師竹病故，吾父信歸，命余往弔。芸私謂余曰：「吳江必經太湖，妾欲偕往，一寬眼界。」余曰：「正慮獨行踽踽，得卿同行固妙，但無可託詞耳。」芸曰：「託言歸寧。君先登舟，妾當繼至。」余曰：「若然，歸途當泊舟萬年橋下，與卿待月乘涼，以續滄浪韻事。」時六月十八日也。

是日早涼，攜一僕先至胥江渡口，登舟而待，芸果肩輿至。解維[049]出虎嘯橋，漸見風帆沙鳥，水天一色。芸曰：「此即

---

[047] 通款曲：獻殷勤，表衷心。此處意為打招呼。

[048] 肩輿：轎子。

[049] 解維：解開船纜啟航。

所謂太湖耶？今得見天地之寬，不虛此生矣！想閨中人有終身不能見此者！」閒話未幾，風搖岸柳，已抵江城。

余登岸拜奠畢，歸視舟中洞然[050]，急詢舟子。舟子指曰：「不見長橋柳陰下，觀魚鷹捕魚者乎？」蓋芸已與船家女登岸矣。余至其後，芸猶粉汗盈盈，倚女而出神焉。余拍其肩曰：「羅衫汗透矣！」芸回首曰：「恐錢家有人到舟，故暫避之。君何回來之速也？」余笑曰：「欲捕逃耳。」於是相挽登舟，返棹至萬年橋下，陽烏[051]猶未落也。舟窗盡落，清風徐來，紈扇羅衫，剖瓜解暑。少焉，霞映橋紅，煙籠柳暗，銀蟾[052]欲上，漁火滿江矣。命僕至船梢與舟子同飲。

船家女名素雲，與余有杯酒交，人頗不俗，招之與芸同坐。船頭不張燈火，待月快酌，射覆為令。素雲雙目閃閃，聽良久，曰：「觴政[053]儂頗嫻習，從未聞有斯令，願受教。」芸即譬其言[054]而開導之，終茫然。余笑曰：「女先生且罷論，我有一言作譬，即瞭然矣。」芸曰:「君若何譬之？」余曰:「鶴善舞而不能耕，牛善耕而不能舞，物性然也。先生欲反而教之，無乃勞乎？」

素雲笑捶余肩曰：「汝罵我耶！」芸出令曰：「只許動口，不許動手。違者罰大觥。」素雲量豪，滿斟一觥，一吸而盡。余

[050] 洞然：空空如也。
[051] 陽烏：指太陽。神話傳說中太陽上面有三足烏，故稱。
[052] 銀蟾：月亮的別稱。傳說月中有蟾蜍，故稱。
[053] 觴政：喝酒的規矩。觴，古代的酒器。
[054] 譬其言：透過打比方來說明問題。

曰：「動手但准摸索，不准捶人。」芸笑挽素雲置余懷，曰：「請君摸索暢懷。」余笑曰：「卿非解人，摸索在有意無意間耳，擁而狂探，田舍郎之所為也。」

時四鬟所簪茉莉，為酒氣所蒸，雜以粉汗油香，芳馨透鼻。余戲曰：「小人臭味充滿船頭，令人作惡。」素雲不禁握拳連捶曰：「誰教汝狂嗅耶？」芸呼曰：「違令，罰兩大觥！」素雲曰：「彼又以小人罵我，不應捶耶？」芸曰：「彼之所謂小人，蓋有故也。請乾此，當告汝。素雲乃連盡兩觥，芸乃告以滄浪舊居乘涼事。素雲曰：「若然，真錯怪矣，當再罰。」又乾一觥。

芸曰：「久聞素娘善歌，可一聆妙音否？」素即以象箸擊小碟而歌。芸欣然暢飲，不覺酩酊，乃乘輿先歸。余又與素雲茶話片刻，步月而回。

時余寄居友人魯半舫家蕭爽樓中，越數日，魯夫人誤有所聞，私告芸曰：「前日聞若婿挾兩妓飲於萬年橋舟中，子知之否？」芸曰：「有之，其一即我也。」因以偕遊始末詳告之，魯大笑，釋然而去。

乾隆甲寅七月，余自粵東歸。有同伴攜妾回者，曰徐秀峰，余之表妹婿也。豔稱[055]新人之美，邀芸往觀。芸他日謂秀峰曰：「美則美矣，韻猶未也。」秀峰曰：「然則若郎納妾，必美而韻者乎？」芸曰：「然。」從此痴心物色，而短於資。

[055] 豔稱：稱羨，盛讚。

時有浙妓溫冷香者，寓於吳，有〈詠柳絮〉四律，沸傳吳下，好事者多和之。余友吳江張閒憨素賞冷香，攜柳絮詩索和。芸微[056]其人而置之，余技癢而和其韻，中有「觸我春愁偏婉轉，撩他離緒更纏綿」之句，芸甚擊節。

明年乙卯秋八月五日，吾母將挈芸遊虎丘，閒憨忽至曰：「余亦有虎丘之遊，今日特邀君作探花使者。」因請吾母先行，期於虎丘半塘相晤，拉余至冷香寓，見冷香已半老，有女名憨園，瓜期未破，亭亭玉立，真「一泓秋水照人寒」者也。款接[057]間，頗知文墨。有妹文園，尚雛。

余此時初無痴想，且念一杯之敘，非寒士所能酬，而既入個中，私心忐忑，強為酬答。因私謂閒憨曰：「余貧士也，子以尤物玩我乎？」閒憨笑曰：「非也，今日有友人邀憨園答我，席主為尊客拉去，我代客轉邀客，毋煩他慮也。」余始釋然。

至半塘，兩舟相遇，令憨園過舟叩見吾母。芸、憨相見，歡同舊識，攜手登山，備覽名勝。芸獨愛千頃雲高曠，坐賞良久。返至野芳濱，暢飲甚歡，並舟而泊。及解維，芸謂余曰：「子陪張君，留憨陪妾可乎？」余諾之。返棹至都亭橋，始過船分袂。歸家已三鼓。

芸曰：「今日得見美而韻者矣，頃已約憨園，明日過我，當為子圖之。」

---

[056] 微：看輕，瞧不起。

[057] 款接：交往。

余駭曰：「此非金屋不能貯，窮措大[058]豈敢生此妄想哉？況我兩人伉儷正篤，何必外求？」

芸笑曰：「我自愛之，子姑待之。」

明午，憨果至。芸殷勤款接，筵中以猜枚[059]（贏吟輸飲）為令，終席無一羅致語[060]。及憨園歸，芸曰：「頃又與密約，十八日來此結為姊妹，子宜備牲牢[061]以待。」笑指臂上翡翠釧曰：「若見此釧屬於憨，事必諧矣，頃[062]已吐意，未深結其心也。」余姑聽之。

十八日大雨，憨竟冒雨至。入室良久，始挽手出，見余有羞色，蓋翡翠釧已在憨臂矣。焚香結盟後，擬再續前飲，適憨有石湖之遊，即別去。芸欣然告余曰：「麗人已得，君何以謝媒耶？」

余詢其詳，芸曰：「向之秘言，恐憨意另有所屬也，頃探之無他，語之曰：『妹知今日之意否？』憨曰：『蒙夫人抬舉，真蓬蒿倚玉樹[063]也，但吾母望我奢，恐難自主耳，願彼此緩圖之。』脫釧上臂時，又語之曰：『玉取其堅，且有團[064]不斷之意，

---

[058] 窮措大：喻清貧書生。

[059] 猜枚：一種酒令遊戲，將瓜子、蓮子或黑白棋子等握在手心裡，讓別人猜單雙、數目或顏色，猜中者為勝，不中者罰飲。

[060] 羅致：用網捕鳥，多用來比喻招致人才。此指納憨園為妾。

[061] 牲牢：古代供宴饗、祭祀用的牛、羊、豬三牲。喻豐盛的菜餚。

[062] 頃：剛才。

[063] 蓬蒿倚玉樹：高攀之義。蓬蒿：蓬草和蒿草，泛指草莽。玉樹，傳說中的仙樹。

[064] 團（ㄊㄨㄢˊ）：形容月圓，有團圓和團聚之意。

妹試簪之[065]以為先兆。』憨曰：『聚合之權總在夫人也。』即此觀之，憨心已得，所難必者冷香耳，當再圖之。」余笑曰：「卿將效笠翁之《憐香伴》[066]耶？」芸曰：「然。」

自此無日不談憨園矣。後憨為有力者[067]奪去，不果。芸竟以之死。

閒情記趣

余憶童稚時，能張目對日，明察秋毫[068]。見藐小微物，必細察其紋理，故時有物外之趣。

夏蚊成雷，私擬作[069]群鶴舞空。心之所向，則或千或百，果然鶴也。昂首觀之，項為之強[070]。又留蚊於素帳中，徐噴以煙，使其沖煙飛鳴，作青雲白鶴觀，果如鶴唳雲端，怡然稱快。

於土牆凹凸處、花臺小草叢雜處，常蹲其身，使與臺齊，定神細視，以叢草為林，以蟲蟻為獸，以土礫凸者為丘，凹者為壑，神遊其中，怡然自得。

---

[065] 簪：這裡指佩戴。

[066] 《憐香伴》：清代戲劇家李漁（字笠翁）創作的一篇女子與女子相愛的戲曲，崔箋雲慕曹語花的體香，曹語花憐崔箋雲的詩才，兩人在神佛前互定終身。崔箋雲設局，將曹語花娶給丈夫做妾，二人長相廝守。

[067] 有力者：有權勢或有財力的人。

[068] 秋毫：秋天鳥獸身上新長的細毛，形容極微小的事物。

[069] 私：內心裡。擬作，比作。

[070] 強：古通「僵」，意為僵直，僵硬。

一日，見二蟲鬥草間，觀之，興正濃，忽有龐然大物，拔山倒樹而來，蓋一癩蝦蟆也，舌一吐而二蟲盡為所吞。余年幼，方出神，不覺呀然驚恐。神定，捉蝦蟆，鞭數十，驅之別院。年長思之，二蟲之鬥，蓋圖奸不從也。古語云「奸近殺」[071]，蟲亦然耶？貪此生涯，卵為蚯蚓所哈[072]（吳俗呼陽曰卵），腫不能便，捉鴨開口哈之，婢嫗偶釋手，鴨顛其頸作吞噬狀，驚而大哭，傳為語柄。此皆幼時閒情也。

及長，愛花成癖，喜剪盆樹。識張蘭坡，始精剪枝養節之法，繼悟接花疊石之法。花以蘭為最，取其幽香韻致也，而瓣品[073]之稍堪入譜者不可多得。蘭坡臨終時，贈余荷瓣素心春蘭一盆，皆肩平心闊，莖細瓣淨，可以入譜者，余珍如拱璧[074]。值余幕遊[075]於外，芸能親為灌溉，花葉頗茂。不二年，一旦忽萎死。起根視之，皆白如玉，且蘭芽勃然[076]。初不可解，以為無福消受，浩嘆而已。事後始悉有人欲分不允[077]，故用滾湯[078]灌殺也。從此誓不植蘭。

---

[071] 奸近殺：奸邪的行為容易招來殺身之禍。

[072] 哈：吸。

[073] 瓣品：花瓣的品相。

[074] 拱璧：需要兩隻手才能抱得過來的玉璧，言其大。喻極其珍貴之物。拱，謂合兩手。

[075] 幕遊：即遊幕，離鄉當幕僚。

[076] 勃然：生機勃勃的樣子。

[077] 欲分不允：想分一株出去，不被允許。

[078] 滾湯：開水。

次取杜鵑，雖無香而色可久玩，且易剪裁。以芸惜枝憐葉，不忍暢剪，故難成樹。其他盆玩皆然。

唯每年籬東菊綻，積興成癖。喜摘插瓶，不愛盆玩。非盆玩不足觀，以家無園圃，不能自植，貨於市者，俱叢雜無致，故不取耳。

其插花朵，數宜單，不宜雙。每瓶取一種，不取二色。瓶口取闊大，不取窄小，闊大者舒展不拘，自五、七花至三四十花，必於瓶口中一叢怒起，以不散漫、不擠軋、不靠瓶口為妙，所謂「起把宜緊」也。或亭亭玉立，或飛舞橫斜。花取參差，間以花蕊，以免飛鈸耍盤 [079] 之病。葉取不亂，梗 [080] 取不強，用針宜藏，針長寧斷之，毋令針針露梗，所謂「瓶口宜清」也。視桌之大小，一桌三瓶至七瓶而止，多則眉目不分，即同市井之菊屏矣。几之高低，自三四寸至二尺五六寸而止，必須參差高下，互相照應，以氣勢聯絡為上。若中高兩低，後高前低，成排對列，又犯俗所謂「錦灰堆」 [081] 矣。或密或疏，或進或出，全在會心者得畫意乃可。

---

[079] 飛鈸（ㄅㄚˊ）耍盤：指因花朵向背無變化，高低雜亂無章法，像鐃鈸或盤子在上下翻飛一樣。鈸，鐃鈸，古稱銅鈸、銅盤，民間稱鑔，打擊樂器，與盤皆比喻花朵。

[080] 梗：枝幹。

[081] 錦灰堆：又名八破圖，是中國傳統藝術珍品之一，以畫殘破的文物片段堆疊構成畫面。「錦灰堆」起初只是畫家成畫後，對剩餘筆墨的幾筆遊戲，通常是對書房一角的隨意勾勒，翻開的字帖，廢棄的畫稿，參差的禿筆，雜亂無章層層疊疊擠入畫紙，大多是破爛的面貌，活像灰堆裡拾出來的，這就是「錦灰堆」名稱的由來。

若盆碗盤洗[082]，用漂青[083]、松香、榆皮、麵和油，先熬以稻灰，收成膠，以銅片按釘向上，將膏火化，黏銅片於盤碗盆洗中。俟冷，將花用鐵絲扎把，插於釘上，宜偏斜取勢，不可居中，更宜枝疏葉清，不可擁擠。然後加水，用碗沙少許掩銅片，使觀者疑叢花生於碗底方妙。

若以木本花果插瓶，剪裁之法（不能色色自覓，倩人攀折者每不合意），必先執在手中，橫斜以觀其勢，反側以取其態；相定[084]之後，剪去雜枝，以疏瘦古怪為佳。再思其梗如何入瓶，或折或曲，插入瓶口，方免背葉側花之患。若一枝到手，先拘定[085]其梗之直者插瓶中，勢必枝亂梗強，花側葉背，既難取態，更無韻致矣。

折梗打曲之法：鋸其梗之半而嵌以磚石，則直者曲矣。如患梗倒，敲一二釘以筦[086]之。即楓葉竹枝，亂草荊棘，均堪入選。或綠竹一竿配以枸杞數粒，幾莖細草伴以荊棘兩枝，苟位置[087]得宜，另有世外之趣。若新栽花木，不妨歪斜取勢，聽其葉側，一年後枝葉自能向上，如樹樹直栽，即難取勢矣。

至剪裁盆樹，先取根露雞爪者，左右剪成三節，然後起

---

[082]　洗：筆洗。寫字畫畫時用來清洗毛筆的器皿。
[083]　漂青：繪畫所用的顏料之一。
[084]　相定：看準，選定。
[085]　拘定：選定。
[086]　筦：通「管」，固定。
[087]　位置：布置，搭配。

枝。一枝一節，七枝到頂，或九枝到頂。枝忌對節如肩臂，節忌臃腫如鶴膝。須盤旋出枝，不可光留左右，以避赤胸露背之病，又不可前後直出，有名「雙起」、「三起」者，一根而起兩三樹也。如根無爪形，便成插樹，故不取。

然一樹剪成，至少得三四十年。余生平僅見吾鄉萬翁名彩章者，一生剪成數樹。又在揚州商家見有虞山遊客，攜送黃楊、翠柏各一盆，惜乎明珠暗投。余未見其可也。若留枝盤如寶塔，扎枝曲如蚯蚓者，便成匠氣[088]矣。

點綴盆中花石，小景可以入畫，大景可以入神。一甌清茗，神能趨入其中，方可供幽齋之玩。

種水仙無靈璧石[089]，余嘗以炭之有石意者代之。黃芽菜心其白如玉，取大小五七枝，用沙土植長方盤內，以炭代石，黑白分明，頗有意思。以此類推，幽趣無窮，難以列舉。如石菖蒲[090]結子，用冷米湯同嚼，噴炭上，置陰溼地，能長細菖蒲，隨意移養盆碗中，茸茸可愛。以老蓮子磨薄兩頭，入蛋殼，使雞翼[091]之，俟雛成取出，用久年燕巢泥加天門冬[092]十分之二，搗爛拌勻，植於小器中，灌以河水，晒以朝陽，花發大如酒

[088] 匠氣：人工雕琢痕跡嚴重，缺乏特色。

[089] 靈璧石：安徽靈璧縣所產的一種石頭，石質細潤，多為黑色，叩之有聲，古代曾用其製作石磬，故又稱磬石、八音石。

[090] 石菖蒲：多年生草本植物，葉細長，多生長於山澗溝流的石隙間。

[091] 翼：名詞作動詞，翼蔽、覆蓋的意思。此處意為放入空蛋殼內讓母雞以為是正常雞蛋而孵之。

[092] 天門冬：藥材名，即天門冬的塊根。

杯，葉縮如碗口，亭亭可愛。

若夫園亭樓閣，套室迴廊，疊石成山，栽花取勢，又在大中見小，小中見大，虛中有實，實中有虛，或藏或露，或淺或深。不僅在「周、回、曲、折」四字，又不在地廣石多，徒煩工費。或掘地堆土成山，間以塊石，雜以花草，籬用梅編，牆以藤引，則無山而成山矣。大中見小者，散漫處[093]植易長之竹，編易茂之梅以屏之；小中見大者，窄院之牆宜凹凸其形，飾以綠色，引以藤蔓，嵌大石，鑿字作碑記形，推窗如臨石壁，便覺峻峭無窮；虛中有實者，或山窮水盡處，一折而豁然開朗，或軒閣設廚處，一開而可通別院；實中有虛者，開門於不通之院，映以竹石，如有實無也。設矮欄於牆頭，如上有月臺，而實虛也。

貧士屋少人多，當仿吾鄉太平船[094]後梢之位置，再加轉移。其間，臺級為床，前後借湊，可作三榻，間以板而裱以紙，則前後上下皆越絕[095]，譬之如行長路，即不覺其窄矣。

余夫婦喬寓揚州時，曾仿此法，屋僅兩椽[096]，上下臥室、廚灶、客座皆越絕，而綽然有餘。芸曾笑曰：「位置雖精，終非富貴家氣象也。」是誠然歟？

---

[093] 散漫處：不常打理的空置地塊。

[094] 太平船：一種遊船。清李斗《揚州畫舫錄》：「沙飛重簷飛艫，有小卷棚者謂之『太平船』。」

[095] 越絕：隔絕。

[096] 椽（ㄔㄨㄢˊ）：放在檁上架著屋面板和瓦的木條。此處指房屋的間數。

余掃墓山中，檢有巒紋[097]可觀之石，歸與芸商曰：「用油灰[098]疊宣州石於白石盆，取色勻也。本山黃石雖古樸，亦用油灰，則黃白相間，鑿痕畢露，將奈何？」芸曰：「擇石之頑劣者，搗末於灰痕處，乘溼糝[099]之，乾或色同也。」

乃如其言，用宜興窯長方盆疊起一峰，偏於左而凸於右，背作橫方紋，如雲林[100]石法，巉巖[101]凹凸，若臨江石磯[102]狀。虛一角，用河泥種千瓣白萍。石上植蔦蘿[103]，俗呼雲松。經營數日乃成。至深秋，蔦蘿蔓延滿山，如藤蘿之懸石壁，花開正紅色，白萍[104]亦透水大放，紅白相間。神遊其中，如登蓬島[105]。置之簷下，與芸品題：此處宜設水閣，此處宜立茅亭，此處宜鑿六字曰「落花流水之間」，此可以居，此可以釣，此可以眺。胸中丘壑，若將移居者然。一夕，貓奴爭食，自簷而墮，連盆與架頃刻碎之。余嘆曰：「即此小經營，尚干造物忌[106]耶！」兩人不禁淚落。

---

[097] 巒紋：山巒形狀的紋路。

[098] 油灰：油漆施工中填嵌縫隙、平整表面的膏狀材料。一般以熟桐油與石灰或石膏調拌而成，呈白色。

[099] 糝（ㄙㄢˇ）：塗抹，黏上。

[100] 雲林：元代畫家倪瓚，號雲林。工畫枯筆山水，繪山石喜用折帶皴法。

[101] 巉（ㄔㄢˊ）巖：險峻的山岩。

[102] 石磯：水邊突出的巨大岩石。

[103] 蔦蘿：一年生草本植物。莖細長，卷絡他物而上升。夏季開花，色有紅有白，為觀賞植物。蔦蘿與雲松外形相似，但其實並非同一植物。

[104] 白萍：常生於池沼間的一種植物，花呈白色。

[105] 蓬島：蓬萊仙島。

[106] 干造物忌：觸犯天條。造物，創造萬物的神。干忌，觸犯禁忌。

靜室焚香，閒中雅趣。芸嘗以沉速[107]等香，於飯鑊蒸透，在爐上設一銅絲架，離火半寸許，徐徐烘之，其香幽韻而無煙。佛手忌醉鼻嗅，嗅則易爛；木瓜忌出汗，汗出，用水洗之；唯香圓[108]無忌。佛手、木瓜亦有供法，不能筆宣[109]。每有人將供妥者隨手取嗅，隨手置之，即不知供法者也。

余閒居，案頭瓶花不絕。芸曰：「子之插花能備風晴雨露，可謂精妙入神。而畫中有草蟲一法，盍仿而效之。」余曰：「蟲躑躅不受制[110]，焉能仿效？」芸曰：「有一法，恐作俑罪過耳。」余曰：「試言之。」曰：蟲死色不變，覓螳螂、蟬、蝶之屬，以針刺死，用細絲扣蟲項繫花草間，整其足，或抱梗，或踏葉，宛然如生，不亦善乎？」余喜，如其法行之，見者無不稱絕。求之閨中，今恐未必有此會心者矣。

余與芸寄居錫山華氏，時華夫人以兩女從芸識字。鄉居院曠，夏日逼人，芸教其家作活破圖法，甚妙。每屏一扇，用木梢二枝，約長四五寸，作矮條凳式，虛其中，橫四擋，寬一尺許，四角鑿圓眼，插竹編方眼，屏約高六七尺，用砂盆種扁豆置屏中，盤延屏上，兩人可移動。多編數屏，隨意遮攔，恍如綠陰滿窗，透風蔽日，紆迴曲折，隨時可更，故曰「活花屏」。

---

[107] 沉速：沉香和速香。

[108] 香圓：即香櫞，一種觀賞性果實，橢圓形，黃色，果皮粗而厚。佛手是它的變種。

[109] 不能筆宣：不能用文字來表達。

[110] 躑躅（ㄓˊ ㄓㄨˊ）不受制：跳來跳去不受控制。

有此一法，即一切藤本香草，隨地可用。此真鄉居之良法也。

友人魯半舫，名璋，字春山，善寫松柏及梅菊，工隸書，兼工鐵筆[111]。余寄居其家之蕭爽樓一年有半。樓共五椽，東向，余居其三。晦明風雨，可以遠眺。庭中有木犀[112]一株，清香撩人。有廊有廂，地極幽靜。

移居時，有一僕一嫗，並挈其小女來。僕能成衣，嫗能紡績，於是芸繡，嫗績，僕則成衣，以供薪水。余素愛客，小酌必行令。芸善不費[113]之烹庖，瓜蔬魚蝦，一經芸手，便有意外味。

同人知余貧，每出杖頭錢[114]，作竟日敘。余又好潔，地無纖塵，且無拘束，不嫌放縱。

時有楊補凡，名昌緒，善人物寫真；袁少迂，名沛，工山水；王星瀾，名岩，工花卉翎毛，愛蕭爽樓幽雅，皆攜畫具來。余則從之學畫，寫草篆，鐫圖章，加以潤筆，交芸備茶酒供客，終日品詩論畫而已。

更有夏淡安、揖山兩昆季[115]，並繆山音、知白兩昆季，及蔣韻香、陸橘香、周嘯霞、郭小愚、華杏帆、張閒憨諸君子，

---

[111] 鐵筆：指刻章。

[112] 木犀：又作「木樨」，俗稱桂花樹。

[113] 不費：花費不高的，便宜實惠的。

[114] 杖頭錢：買酒的錢。典出《晉書．阮脩傳》：「常步行，以百錢掛杖頭，至酒店，便獨酣暢。」

[115] 昆季：兄弟。長為昆，幼為季。

如梁上之燕，自去自來。芸則拔釵沽酒，不動聲色，良辰美景，不放輕過。今則天各一方，風流雲散，兼之玉碎香埋[116]，不堪回首矣！

蕭爽樓有四忌：談官宦升遷、公廨[117]時事、八股時文、看牌擲色，有犯必罰酒五斤。有四取：慷慨豪爽、風流蘊藉[118]、落拓不羈、澄靜緘默。長夏無事，考對為會。每會八人，每人各攜青蚨[119]二百，先拈鬮，得第一者為主考，關防別座[120]。第二者為謄錄，亦就座。餘作舉子，各於謄錄處取紙一條，蓋用印章。主考出五、七言各一句，刻香為限[121]，行立構思，不准交頭私語，對就後投入一匣，方許就座。各人交卷畢，謄錄啟匣，並錄一冊，轉呈主考，以杜徇私。十二對中取七言三聯，五言三聯。六聯中取第一者即為後任主考，第二者為謄錄。每人有兩聯不取者罰錢二十文，取一聯者免罰十文，過限者倍罰。一場，主考得香錢百文。一日可十場，積錢千文，酒資大暢矣。唯芸議為官卷[122]，准坐而構思。

---

[116] 玉碎香埋：指陳芸的病逝。

[117] 公廨（ㄒㄧㄝˋ）：官署。

[118] 風流蘊藉：風雅瀟灑，溫文含蓄。蘊藉：含蓄。

[119] 青蚨（ㄈㄨˊ）：傳說青蚨此蟲，母與子分離後必會聚回一處。人們用青蚨母子血分別塗於錢幣上，錢用出後必會飛回。青蚨後來即指代錢。

[120] 關防別座：臨時主考官另設一座。關防：本指臨時派遣的官員所用的官印，這裡指臨時性的主考官。

[121] 刻香為限：一種計時方式，線上香上刻上記號，香燃到此處則計時結束。

[122] 官卷：清代科舉鄉試中官生（高官子弟）的考卷，另行編號，不占用錄取名額，稱為官卷。這裡指陳芸情況特殊，只參與答題活動，不參與評比與獎罰。

楊補凡為余夫婦寫載花小影，神情確肖。是夜月色頗佳，蘭影上粉牆，別有幽致，星瀾醉後興發曰：「補凡能為君寫真，我能為花圖影。」余笑曰：「花影能如人影否？」星瀾取素紙鋪於牆，即就蘭影用墨濃淡圖之。日間取視，雖不成畫，而花葉蕭疏，自有月下之趣。芸甚寶之，各有題詠。

蘇城有南園、北園二處，菜花黃時，苦無酒家小飲。攜榼[123]而往，對花冷飲，殊無意味。或議就近覓飲者，或議看花歸飲者，終不如對花熱飲為快。眾議未定，芸笑曰：「明日但各出杖頭錢，我自擔爐火來。」眾笑曰：「諾。」

眾去，余問曰：「卿果自往乎？」芸曰：「非也，妾見市中賣餛飩者，其擔鍋、灶無不備，盍僱之而往？妾先烹調端整，到彼處再一下鍋，茶酒兩便。」余曰：「酒菜固便矣，茶乏烹具。」芸曰：「攜一砂罐去，以鐵叉串罐柄，去其鍋，懸於行灶中，加柴火煎茶，不亦便乎？」余鼓掌稱善。街頭有鮑姓者，賣餛飩為業，以百錢僱其擔，約以明日午後，鮑欣然允議。

明日，看花者至，余告以故，眾咸嘆服。飯後同往，並帶席墊。至南園，擇柳陰下團坐。先烹茗，飲畢，然後暖酒烹餚。是時，風和日麗，遍地黃金[124]，青衫紅袖，越阡度陌[125]，蝶蜂亂飛，令人不飲自醉。既而酒餚俱熟，坐地大嚼，擔者頗

---

[123] 榼（ㄎㄜˋ）：古代盛酒或貯水的器具，類似於盒。

[124] 遍地黃金：指油菜花的金黃色。

[125] 阡陌：田間小路。

不俗，拉與同飲。遊人見之，莫不羨為奇想。杯盤狼藉，各已陶然，或坐或臥，或歌或嘯。紅日將頹，余思粥，擔者即為買米煮之，果腹[126]而歸。芸曰：「今日之遊樂乎？」眾曰：「非夫人之力不及此。」大笑而散。

貧士起居服食，以及器皿房舍，宜省儉而雅潔，省儉之法曰「就事論事」。余愛小飲，不喜多菜。芸為置一梅花盒，用二寸白磁深碟六隻，中置一隻，外接五隻，用灰漆就，其形如梅花，底蓋均起凹楞，蓋之上有柄如花蒂。置之案頭，如一朵墨梅覆桌；啟蓋視之，如菜裝於花瓣中。一盒六色，二三知己，可以隨意取食，食完再添。另做矮邊圓盤一隻，以便放杯、箸、酒壺之類，隨處可擺，移掇亦便。即食物省儉之一端也。

余之小帽、領、襪皆芸自做，衣之破者，移東補西，必整必潔，色取黯淡，以免垢跡，既可出客[127]，又可家常。此又服飾省儉之一端也。

初至蕭爽樓中，嫌其暗，以白紙糊壁，遂亮。夏月樓下去窗，無闌干，覺空洞無遮攔。芸曰：「有舊竹簾在，何不以簾代欄？」余曰：「如何？」芸曰：「用竹數根，黝黑色，一豎一橫，留出走路，截半簾搭在橫竹上，垂至地，高與桌齊，中豎短竹四根，用麻線紮定，然後於橫竹搭簾處，尋舊黑布條，連橫竹裹縫之。既可遮攔飾觀，又不費錢。」此「就事論事」之一法

[126] 果腹：吃飽。

[127] 出客：出外作客。

也。以此推之，古人所謂竹頭木屑皆有用，良有以[128]也。

夏月荷花初開時，晚含而曉放。芸用小紗囊撮茶葉少許，置花心，明早取出，烹天泉水[129]泡之，香韻尤絕。

坎坷記愁

人生坎坷何為乎來哉？往往皆自作孽耳。余則非也，多情重諾，爽直不羈，轉因之為累。況吾父稼夫公慷慨豪俠，急人之難、成人之事、嫁人之女、撫人之兒，指不勝屈[130]，揮金如土，多為他人。余夫婦居家，偶有需用，不免典質[131]。始則移東補西，繼則左支右絀[132]。諺云：「處家人情，非錢不行。」先起小人之議，漸招同室之譏[133]。「女子無才便是德」，真千古至言也！

余雖居長而行三，故上下呼芸為「三娘」。後忽呼為「三太太」，始而戲呼，繼成習慣，甚至尊卑長幼，皆以「三太太」呼之，此家庭之變機歟？

---

[128] 有以：猶有因，有道理。

[129] 天泉水：雨水。

[130] 指不勝屈：扳著手指頭都數不過來，形容數量多。

[131] 典質：以物為抵押換錢，可限期贖回。典，典當；質，抵押。

[132] 左支右絀：原指彎弓射箭的姿勢，左臂撐弓，右臂屈曲扣弦。後指財力或能力不足，窮於應付。絀，屈曲，引申為不足。

[133] 同室之譏：家人的指責。譏，指責，非議。

乾隆乙巳，隨侍[134]吾父於海寧官舍。芸於吾家書中附寄小函，吾父曰：「媳婦既能筆墨，汝母家信付彼司[135]之。」後家庭偶有閒言，吾母疑其述事不當，乃不令代筆。吾父見信非芸手筆，詢余曰：「汝婦病耶？」余即作札問之，亦不答。久之，吾父怒曰：「想汝婦不屑代筆耳！」迨[136]余歸，探知委曲，欲為婉剖[137]，芸急止之曰：「寧受責於翁[138]，勿失歡於姑也。」竟不自白[139]。

庚戌之春，余又隨侍吾父於邗江幕中。有同事俞孚亭者，挈眷居焉。吾父謂孚亭曰：「一生辛苦，常在客中，欲覓一起居服役之人而不可得。兒輩果能仰體親意，當於家鄉覓一人來，庶語音相合。」孚亭轉述於余，密札致芸，倩媒物色，得姚氏女。芸以成否未定，未即稟知吾母。其來也，託言鄰女之嬉遊者。及吾父命余接取至署，芸又聽旁人意見，託言[140]吾父素所合意者。吾母見之曰：「此鄰女之嬉遊者也，何娶之乎？」芸遂並失愛於姑矣。

---

[134] 隨侍：跟隨侍奉。

[135] 司：負責。此處指讓陳芸替沈復之母寫信。

[136] 迨：等到。

[137] 婉剖：委婉地解釋清楚。剖，說明原委。

[138] 翁：公公。古代已婚女子稱丈夫的父親為翁，稱丈夫的母親為姑。下文中「失歡於姑」，意即不被婆婆喜歡。

[139] 自白：自己說清楚。

[140] 託言：假稱，推說。

王子春，余館[141]真州。吾父病於邗江，余往省，亦病焉。余弟啟堂時亦隨侍。芸來書曰：「啟堂弟曾向鄰婦借貸，倩芸作保，現追索甚急。」余詢啟堂，啟堂轉以嫂氏為多事。余遂批紙尾曰：「父子皆病，無錢可償，俟啟弟歸時，自行打算可也。」

未幾，病皆愈，余仍往真州。芸覆書來，吾父拆視之，中述啟弟鄰項事，且云：「令堂以老人之病，皆由姚姬而起。翁病稍痊，宜密囑姚託言思家，妾當令其家父母到揚接取。實彼此卸責之計也。」

吾父見書，怒甚，詢啟堂以鄰項事，答言不知。遂札飭[142]余曰：「汝婦背夫借債，讒謗小叔，且稱姑曰令堂，翁曰老人，悖謬[143]之甚！我已專人持札回蘇斥逐，汝若稍有人心，亦當知過！」余接此札，如聞青天霹靂，即肅書[144]認罪，覓騎遄[145]歸，恐芸之短見也。到家述其本末，而家人乃持逐書至，歷斥多過，言甚決絕。

芸泣曰：「妾固不合妄言[146]，但阿翁當恕婦女無知耳。」越數日，吾父又有手諭至，曰：「我不為已甚[147]，汝攜婦別居，勿使

---

[141] 館：公館，官舍，引申為在官舍任職。

[142] 飭：同「敕」，告誡，命令。

[143] 悖謬：荒唐，荒謬。

[144] 肅書：恭敬地回信。

[145] 遄（ㄔㄨㄢˊ）：急速。

[146] 不合妄言：不該亂說話。合，應該。

[147] 不為已甚：不做太過分的事情。語出《孟子· 離婁下》：「仲尼不為已甚者。」

我見，免我生氣足矣。」乃寄芸於外家。而芸以母亡弟出，不願往依族中。幸友人魯半舫聞而憐之，招余夫婦往居其家蕭爽樓。

越兩載，吾父漸知始末，適余自嶺南歸，吾父自至蕭爽樓，謂芸曰：「前事我已盡知，汝盍歸乎？」余夫婦欣然，仍歸故宅，骨肉重圓。豈料又有憨園之孽障[148]耶！

芸素有血疾，以其弟克昌出亡不返，母金氏復念子病沒，悲傷過甚所致。自識憨園，年餘未發，余方幸其得良藥。而憨為有力者奪去，以千金作聘，且許養其母。佳人已屬沙吒利矣[149]！余知之而未敢言也。

及芸往探始知之，歸而嗚咽，謂余曰：「初不料憨之薄情乃爾也！」余曰：「卿自情痴耳，此中人何情之有哉？況錦衣玉食者，未必能安於荊釵布裙[150]也，與其後悔，莫若無成。」因撫慰之再三。而芸終以受愚為恨，血疾大發，床蓆支離[151]，刀圭[152]無效，時發時止，骨瘦形銷。不數年而逋負[153]日增，物議[154]日起。老親又以盟妓一端，憎惡日甚。余則調停中立，已非生人之境矣。

---

[148] 孽障：即業障，佛家語。指前生的過錯造成今生的阻障。

[149] 佳人已屬沙吒利：指意中人為權貴奪走。典出唐許堯佐《柳氏傳》，韓翃的美姬柳氏為蕃將沙吒利所劫。

[150] 荊釵布裙：貧寒人家女子的裝束，喻貧困的生活。

[151] 支離：憔悴，衰弱。

[152] 刀圭：指藥物。

[153] 逋（ㄅㄨ）負：指債務。逋，拖欠。

[154] 物議：眾人的非議。

芸生一女名青君，時年十四，頗知書，且極賢能，質釵典服[155]，幸賴辛勞。子名逢森，時年十二，從師讀書。

余連年無館，設一書畫鋪於家門之內，三日所進，不敷一日所出，焦勞困苦，竭蹶時形[156]。隆冬無裘，挺身而過；青君亦衣單股慄[157]，猶強曰「不寒」。因是，芸誓不醫藥。偶能起床，適余有友人周春煦，自福郡王幕中歸，倩人繡《心經》一部，芸念繡經可以消災降福，且利其繡價之豐，竟繡焉。而春煦行色匆匆，不能久待，十日告成。弱者驟勞，致增腰痠頭暈之疾。豈知命薄者，佛亦不能發慈悲也！繡經之後，芸病轉增，喚水索湯，上下厭之。

有西人[158]賃屋於余畫鋪之左，放利債為業，時倩余作畫，因識之。友人某向渠借五十金，乞余作保。余以情有難卻，允焉，而某竟挾資遠遁。西人唯保是問，時來饒舌[159]。初以筆墨為抵，漸至無物可償。歲底吾父家居，西人索債，咆哮於門。吾父聞之，召余訶責曰:「我輩衣冠之家，何得負此小人之債！」正剖訴[160]間，適芸有自幼同盟姊適錫山華氏，知其病，遣人問訊。堂上誤以為憨園之使，因愈怒曰：「汝婦不守閨訓，結盟娼

[155] 質釵典服：典當首飾和衣服。
[156] 竭蹶（ㄐㄩㄝˊ）時形：枯竭；匱乏。時形，時常發生。
[157] 股慄：雙腿發抖。股，大腿。
[158] 西人：古時對山西人、陝西人的稱謂。
[159] 饒舌：嘮叨；多嘴。
[160] 剖訴：傾訴。

妓；汝亦不思習上，濫伍小人。若置汝死地，情有不忍。姑寬三日限，速自為計，遲必首汝逆[161]矣！」

芸聞而泣曰：「親怒如此，皆我罪孽。妾死君行，君必不忍；妾留君去，君必不捨。姑密喚華家人來，我強起問之。」

因令青君扶至房外，呼華使問曰：「汝主母特遣來耶？抑便道來耶？」曰：「主母久聞夫人臥病，本欲親來探望，因從未登門，不敢造次。臨行囑咐：『倘夫人不嫌鄉居簡褻[162]，不妨到鄉調養，踐幼時燈下之言。』」蓋芸與同繡日[163]，曾有疾病相扶之誓也。因囑之曰：「煩汝速歸，稟知主母，於兩日後放舟密來。

其人既退，謂余曰：「華家盟姊情逾骨肉，君若肯至其家，不妨同行，但兒女攜之同往既不便，留之累親又不可，必於兩日內安頓之。」

時余有表兄王藎臣一子名韞石，願得青君為媳婦。芸曰：「聞王郎懦弱無能，不過守成[164]之子，而王又無成可守。幸詩禮之家，且又獨子，許之可也。」余謂藎臣曰：「吾父與君有渭陽之誼[165]，欲媳青君，諒無不允。但待長而嫁，勢所不能。余夫婦往錫山後，君即稟知堂上，先為童媳，何如？」藎臣喜曰：「謹

[161] 首汝逆：狀告你忤逆父母。首，向官府告發。
[162] 簡褻：怠慢不恭。
[163] 同繡日：一同待字閨中時。繡，舊時指女子的繡房。
[164] 守成：保持前人的成就和業績。
[165] 渭陽之誼：指舅甥關係。典出《詩經· 秦風· 渭陽》：「我送舅氏，曰至渭陽。」

如命。」逢森亦託友人夏揖山轉薦學貿易。

安頓已定，華舟適至，時庚申之臘廿五日也。芸曰：「孑然出門，不唯招鄰里笑，且西人之項無著，恐亦不放，必於明日五鼓悄然而去。」余曰：「卿病中能冒曉寒耶？」芸曰：「死生有命，無多慮也。」密稟吾父，亦以為然。

是夜，先將半肩行李挑下船，令逢森先臥，青君泣於母側。芸囑曰：「汝母命苦，兼亦情痴，故遭此顛沛，幸汝父待我厚，此去可無他慮。兩三年內，必當布置重圓。汝至汝家，須盡婦道，勿似汝母。汝之翁姑以得汝為幸，必善視汝。所留箱籠什物，盡付汝帶去。汝弟年幼，故未令知，臨行時託言就醫，數日即歸。俟我去遠，告知其故，稟聞祖父可也。」旁有舊嫗，即前卷中曾賃其家消暑者，願送至鄉，故是時陪侍在側，拭淚不已。將交五鼓，暖粥共啜之。芸強顏笑曰：「昔一粥而聚，今一粥而散，若作傳奇，可名《吃粥記》矣。」逢森聞聲亦起，呻曰：「母何為？」芸曰：「將出門就醫耳。」逢森曰：「起何早？」曰：「路遠耳。汝與姊相安在家，毋討祖母嫌。我與汝父同往，數日即歸。」

雞聲三唱，芸含淚扶嫗，啟後門將出，逢森忽大哭曰：「噫，我母不歸矣！」青君恐驚人，急掩其口而慰之。當是時，余兩人寸腸已斷，不能復作一語，但止以「勿哭」而已。青君閉門後，芸出巷十數步，已疲不能行，使嫗提燈，余背負之而行。將至舟次[166]，幾為邏者所執[167]，幸老嫗認芸為病女，余為婿，且得舟子皆華氏工人聞聲接應，相扶下船。解維後，芸始放聲痛哭。是行也，其母子已成永訣矣！華名大成，居無錫之東高山，面山而居，躬耕為業，人極樸誠，其妻夏氏，即芸之盟姊也。是日午未之交，始抵其家。華夫人已倚門而侍，率兩小女至舟，相見甚歡。扶芸登岸，款待殷勤。四鄰婦人孺子鬨然入室，將芸環視，有相問訊者，有相憐惜者，交頭接耳，滿室啾啾[168]。芸謂華夫人曰:「今日真如漁父入桃源[169]矣。」華曰:「妹莫笑，鄉人少所見多所怪耳。」自此相安度歲。

至元宵，僅隔兩旬而芸漸能起步。是夜觀龍燈於打麥場中，神情態度，漸可復元，余乃心安。與之私議曰：「我居此非計，欲他適而短於資，奈何？」芸曰：「妾亦籌之矣。君姊丈范惠來，現於靖江鹽公堂司會計，十年前曾借君十金，適數不敷[170]，妾典釵湊之，君憶之耶？」余曰：「忘之矣。」芸曰：「聞靖江去此不遠，君盍一往？」余如其言。

時天頗暖，織絨袍、嗶嘰短褂，猶覺其熱。此辛酉正月十六日也。是夜宿錫山客旅，賃被而臥。晨起趁江陰航船，一

[166] 舟次：碼頭。

[167] 為邏者所執：被巡邏的人捉捕。邏者，巡邏的人。執，捕捉，逮捕。

[168] 滿室啾啾：一屋子的嘈雜聲。

[169] 漁父入桃源：典出陶淵明〈桃花源記〉，捕魚為業的武陵人誤入桃花源，當地人「乃大驚，問所從來」。陳芸一來到東高山，就被當地人圍著問個不停，所以才戲稱自己是漁父入桃源。

[170] 適數不敷：剛好我們的錢不夠。適，正好。敷，足夠。

路逆風，繼以微雨，夜至江陰江口，春寒徹骨，沽酒禦寒，囊為之罄。躊躇終夜，擬卸襯衣質錢而渡。

十九日北風更烈，雪勢猶濃，不禁慘然涙落，暗計房資渡費，不敢再飲。正心寒股慄間，忽見一老翁，草鞋氈笠，負黃包入店，以目視余，似相識者。余曰：「翁非泰州曹姓耶？」答曰：「然。我非公，死填溝壑矣！今小女無恙，時誦公德。不意今日相逢，何逗留於此？」蓋余幕泰州時，有曹姓，本微賤，一女有姿色，已許婿家，有勢力者放債謀其女，致涉訟。余從中調護，仍歸所許，曹即投入公門為隸，叩首作謝，故識之。余告以投親遇雪之由，曹曰：「明日天晴，我當順途相送。」出錢沽酒，備極款洽[171]。

二十日，曉鍾初動，即聞江口喚渡聲，余驚起，呼曹同濟[172]。曹曰：「勿急，宜飽食登舟。」乃代償房飯錢，拉余出沽[173]。余以連日逗留，急欲趕渡，食不下嚥，強啖麻餅兩枚。及登舟，江風如箭，四肢發戰。曹曰：「聞江陰有人縊於靖，其妻僱是舟而往，必俟僱者來始渡耳。」枵腹[174]忍寒，午始解纜。至靖，暮煙四合矣。

曹曰：「靖有公堂兩處，所訪者城內耶？城外耶？」余踉蹌

[171] 備極款洽：非常親切。備極，猶言十二分，形容程度極深。款洽，親密，親切。
[172] 同濟：一同乘船。
[173] 沽：買酒。
[174] 枵（ㄒㄧㄠ）腹：空腹，飢餓。枵，本義指虛空的木根，此處引申為空虛。

隨其後，且行且對曰：「實不知其內外也。」曹曰：「然則且止宿，明日往訪耳。」進旅店，鞋襪已為泥淤滲透，索火烘之。草草飲食，疲極酣睡。晨起，襪燒其半，曹又代償房飯錢。

訪至城中，惠來尚未起，聞余至，披衣出，見余狀，驚曰：「舅何狼狽至此？」余曰：「姑勿問，有銀乞借二金，先遣送我者。」惠來以番餅[175]二圓授余，即以贈曹。曹力卻，受一元而去。

乃歷述所遭，並言來意。惠來曰：「郎舅至戚，即無宿逋[176]，亦應竭盡綿力，無如航海鹽船新被盜，正當盤帳之時，不能挪移豐贈，當勉措番銀二十圓，以償舊欠，何如？」余本無奢望，遂諾之。留住兩日，天已晴暖，即作歸計。

廿五日，仍回華宅。芸曰：「君遇雪乎？」余告以所苦。因慘然曰：「雪時，妾以君為抵靖，乃尚逗留江口。幸遇曹老，絕處逢生，亦可謂吉人天相矣。」越數日，得青君信，知逢森已為揖山薦引入店，藎臣請命於吾父，擇正月廿四日將伊接去。兒女之事，粗能了了，但分離至此，令人終覺慘傷耳。

二月初，日暖風和，以靖江之項薄備行裝，訪故人胡省堂於邗江鹽署。有貢局眾司事公延[177]入局，代司筆墨，身心稍定。

[175] 番餅：即下文所說的番銀，指當時流傳到中國的外國銀幣。

[176] 宿逋：舊債。

[177] 公延：一致推薦、聘請。

至明年壬戌八月，接芸書曰：「病體全瘳[178]，唯寄食於非親非友之家，終覺非久長之策，願亦來邗，一睹平山之勝。」余乃賃屋於邗江先春門外，臨河兩椽。自至華氏接芸同行。華夫人贈一小奚奴[179]曰阿雙，幫司炊爨[180]，並訂他年結鄰之約。時已十月，平山凄冷，期以春遊。滿望散心調攝，徐圖骨肉重圓。不滿月，而貢局司事忽裁十有五人，余系友中之友，遂亦散閒。

芸始猶百計代余籌畫，強顏慰藉，未嘗稍涉怨尤。至癸亥仲春，血疾大發。余欲再至靖江，作「將伯」之呼[181]，芸曰：「求親不如求友。」余曰：「此言雖是，親友雖關切，現皆閒處，自顧不遑。」芸曰：「幸天時已暖，前途可無阻雪之慮，願君速去速回，勿以病人為念。君或體有不安，妾罪更重矣。」時已薪水不繼，余佯為僱騾以安其心，實則囊餅徒步，且食且行。向東南，兩渡叉河，約八九十里，四望無村落。至更許，但見黃沙漠漠，明星閃閃，得一土地祠，高約五尺許，環以短牆，植以雙柏，因向神叩首，祝曰：「蘇州沈某，投親失路至此，欲假神祠一宿，幸神憐佑。」於是移小石香爐於旁，以身探之，僅容半體。以風帽反戴掩面，坐半身於中，出膝於外，閉目靜聽，微風蕭蕭而已。足疲神倦，昏然睡去。及醒，東方已白，短牆

---

[178] 瘳（ㄔㄡ）：病癒。

[179] 小奚奴：小男僕。

[180] 炊爨（ㄘㄨㄢˋ）：燒火煮飯。

[181] 「將伯」之呼：求助他人。典出《詩經．小雅．正月》：「將伯助予。」將，請。伯，長者。

外忽有步語聲，急出探視，蓋土人趕集經此也。問以途，曰：「南行十里即泰興縣城，穿城向東南，十里一土墩，過八墩即靖江，皆康莊[182]也。」

余乃反身，移爐於原位，叩首作謝而行。過泰興，即有小車可附。申刻抵靖，投刺[183]焉。良久，司閽者[184]曰：「范爺因公往常州去矣。」察其辭色，似有推託。余詰之曰：「何日可歸？」曰：「不知也。」余曰：「雖一年亦將待之。」閽者會余意，私問曰：「公與范爺嫡郎舅耶？」余曰：「苟非嫡者，不待其歸矣。」閽者曰：「公姑待之。」越三日，乃以回靖告，共挪二十五金。

僱騾急返，芸正形容慘變，咻咻涕泣。見余歸，卒然曰：「君知昨午阿雙捲逃乎？倩人大索，今猶不得。失物小事，人系伊母臨行再三交託，今若逃歸，中有大江之阻，已覺堪虞[185]，倘其父母匿子圖詐，將奈之何？且有何顏見我盟姊？」余曰：「請勿急，卿慮過深矣。匿子圖詐，詐其富有也，我夫婦兩肩擔一口耳。況攜來半載，授衣分食，從未稍加撲責，鄰里咸知。此實小奴喪良，乘危竊逃。華家盟姊贈以匪人，彼無顏見卿，卿何反謂無顏見彼耶？今當一面呈縣立案，以杜後患可也。」

---

[182]　康莊：寬闊平坦的大道。

[183]　投刺：遞上名帖。指求見。

[184]　司閽（ㄏㄨㄣ）者：負責守門的人。閽，門。

[185]　虞：憂慮。

芸聞余言，意似稍釋。然自此夢中囈語，時呼「阿雙逃矣」，或呼「憨何負我」，病勢日以增矣。

余欲延醫診治，芸阻曰：「妾病始因弟亡母喪，悲痛過甚，繼為情感，後由忿激，而平素又多過慮，滿望努力做一好媳婦而不能得，以至頭眩、怔忡諸症畢備，所謂病入膏肓，良醫束手，請勿為無益之費。憶妾唱隨[186]二十三年，蒙君錯愛，百凡體恤，不以頑劣見棄。知己如君，得婿如此，妾已此生無憾！若布衣暖，菜飯飽，一室雍雍[187]，優遊泉石，如滄浪亭、蕭爽樓之處境，真成煙火神仙[188]矣。神仙幾世才能修到，我輩何人，敢望神仙耶？強而求之，致干造物之忌，即有情魔之擾。總因君太多情，妾生薄命耳！」

因又嗚咽而言曰：「人生百年，終歸一死。今中道相離，忽焉長別，不能終奉箕帚[189]，目睹逢森娶婦，此心實覺耿耿。」言已，淚落如豆。余勉強慰之曰：「卿病八年，懨懨欲絕者屢矣，今何忽作斷腸語耶？」芸曰：「連日夢我父母放舟來接，閉目即飄然上下，如行雲霧中，殆魂離而軀殼存乎？」余曰：「此神不收舍，服以補劑，靜心調養，自能安痊。」

芸又唏噓曰：「妾若稍有生機一線，斷不敢驚君聽聞。今

[186] 唱隨：即夫唱婦隨。
[187] 雍雍：形容和諧、融洽的樣子。
[188] 煙火神仙：俗世間的神仙。
[189] 奉箕帚：從事掃灑之事，操持家務。

冥路已近，苟再不言，言無日矣。君之不得親心，流離顛沛，皆由妾故，妾死則親心自可挽回，君亦可免牽掛。堂上春秋高矣，妾死，君宜早歸。如無力攜妾骸骨歸，不妨暫厝[190]於此，待君將來可耳。願君另續德容兼備者，以奉雙親，撫我遺子，妾亦瞑目矣。」言至此，痛腸欲裂，不覺慘然大慟。

余曰：「卿果中道相舍，斷無再續之理，況『曾經滄海難為水，除卻巫山不是雲』耳。」芸乃執余手而更欲有言，僅斷續疊言「來世」二字，忽發喘，口噤[191]，兩目瞪視，千呼萬喚已不能言。痛淚兩行，涔涔流溢。既而喘漸微，淚漸乾，一靈飄渺，竟爾長逝！時嘉慶癸亥三月三十日也。

當是時，孤燈一盞，舉目無親，兩手空拳，寸心欲碎。綿綿此恨，曷其有極[192]！承吾友胡省堂以十金為助，余盡室中所有，變賣一空，親為成殮。

嗚呼！芸一女流，具男子之襟懷才識。歸吾門後，余日奔走衣食，中饋缺乏，芸能纖悉不介意。及余家居，唯以文字相辨析而已。卒之疾病顛連，齎恨[193]以沒，誰致之耶？余有負閨中良友，又何可勝道哉！奉勸世間夫婦，固不可彼此相仇，亦不可過於情篤。語云「恩愛夫妻不到頭」，如余者，可作前車之鑑也。

---

[190] 暫厝（ㄘㄨㄛˋ）：暫時淺葬。厝，停柩，安放。

[191] 口噤：嘴巴緊閉。

[192] 曷（ㄏㄜˊ）其有極：何時才是盡頭。曷，何時。

[193] 齎（ㄐㄧ）恨：抱憾。齎，懷抱著。

回煞[194]之期，俗傳是日魂必隨煞而歸，故房中鋪設，一如生前，且須鋪生前舊衣於床上，置舊鞋於床下，以待魂歸瞻顧，吳下相傳謂之「收眼光」。延羽士[195]作法，先召於床而後遣之，謂之「接眚」[196]。邗江俗例，設酒餚於死者之室，一家盡出，謂之「避眚」。以故有因避被竊者。

芸娘眚期，房東因同居而出避，鄰家囑余亦設餚遠避。余冀魄歸一見，姑漫應之。同鄉張禹門諫余曰：「因邪入邪，宜信其有，勿嘗試也。」余曰：「所以不避而待之者，正信其有也。」張曰：「回煞犯煞，不利生人，夫人即或魂歸，業已陰陽有間，竊恐欲見者無形可接，應避者反犯其鋒耳。」

時余痴心不昧，強對曰：「死生有命。君果關切，伴我何如？」張曰：「我當於門外守之。君有異見，一呼即入可也。」

余乃張燈入室，見鋪設宛然，而音容已杳，不禁心傷淚湧。又恐淚眼模糊，失所欲見，忍淚睜目，坐床而待。撫其所遺舊服，香澤猶存，不覺柔腸寸斷，冥然昏去。轉念待魂而來，何遽睡耶？開目四視，見席上雙燭青焰熒熒，縮光如豆，毛骨悚然，通體寒慄。因摩兩手擦額，細矚之，雙焰漸起，高至尺許，紙裱頂格[197]，幾被所焚。

---

[194] 回煞：古時人們認為，人死之後若干天內，魂魄還會回來家中。
[195] 羽士：道士。
[196] 眚（ㄕㄥˇ）：有災難、疾苦之意。
[197] 頂格：天花板。

余正得借光四顧間，光忽又縮如前。此時心舂股慄，欲呼守者進觀，而轉念柔魂弱魄，恐為盛陽所逼。悄呼芸名而祝之，滿室寂然，一無所見。既而燭焰復明，不復騰起矣。出告禹門，服余膽壯，不知余實一時情痴耳。

芸沒後，憶和靖「妻梅子鶴」[198]語，自號梅逸。權葬芸於揚州西門外之金桂山，俗呼郝家寶塔。買一棺之地，從遺言寄於此。攜木主[199]還鄉，吾母亦為悲悼；青君、逢森歸來，痛哭成服。啟堂進言曰：「嚴君[200]怒猶未息，兄宜仍往揚州，俟嚴君歸里，婉言勸解，再當專札相招。」

余遂拜母別子女，痛哭一場，復至揚州，賣畫度日。因得常哭於芸娘之墓，影單形隻，備極淒涼。且偶經故居，傷心慘目。重陽日，鄰塚皆黃，芸墓獨青。守墳者曰：「此好穴場，故地氣旺也。」余暗祝曰：「秋風已緊，身尚衣單，卿若有靈，佑我圖得一館，度此殘年，以待家鄉信息。」

未幾，江都幕客章馭庵先生欲回浙江葬親，倩余代庖三月，得備禦寒之具。封篆[201]出署，張禹門招寓其家。張亦失館，度歲艱難，商於余，即以余賸二十金傾囊借之，且告曰：

---

[198] 和靖「妻梅子鶴」：和靖，即宋代隱逸詩人林逋，謚號和靖先生。林逋以梅為妻，以鶴為子，終身不娶不仕。清徐釚《詞苑叢談》卷三：「林處士妻梅子鶴，可稱千古高風矣。」林處士即林逋。

[199] 木主：木製的死者排位。

[200] 嚴君：指父親。

[201] 封篆：舊時官府於歲末年初停止辦公，稱封篆。篆，官印的代稱，因其多為篆文。

「此本留為亡荊扶柩之費，一俟得有鄉音，償我可也。」

是年即寓張度歲。晨占夕卜，鄉音殊杳。至甲子三月，接青君信，知吾父有病，即欲歸蘇，又恐觸舊忿。正趑趄[202]觀望間，復接青君信，始痛悉吾父業已辭世。刺骨痛心，呼天莫及，無暇他計，即星夜馳歸，觸首靈前，哀號流血。

嗚呼！吾父一生辛苦，奔走於外。生余不肖，既少承歡膝下，又未侍藥床前，不孝之罪，何可逭[203]哉！吾母見余哭，曰：「汝何此日始歸耶？」余曰：「兒之歸，幸得青君孫女信也。」吾母目余弟婦，遂默然。

余入幕守靈至七，終無一人以家事告、以喪事商者。余自問人子之道已缺，故亦無顏詢問。

一日，忽有向余索逋者，登門饒舌。余出應曰：「欠債不還，固應催索，然吾父骨肉未寒，乘凶[204]追呼，未免太甚。」中有一人私謂余曰：「我等皆有人招之使來，公且避出，當向招我者索償也。」余曰：「我欠我償，公等速退！」皆唯唯[205]而去。

余因呼啟堂諭之曰：「兄雖不肖，並未作惡不端，若言出嗣降服[206]，從未得過纖毫嗣產[207]，此次奔喪歸來，本人子之道，

---

[202] 趑趄（ㄗ ㄐ ㄩ）：形容躊躇不定。
[203] 逭（ㄏ ㄨ ㄢ ˋ）：逃，避。
[204] 乘凶：指父母新亡。
[205] 唯唯：相隨而行。《詩 · 齊風 · 敝笱》：「敝笱在梁，其魚唯唯。」
[206] 出嗣：過繼給他人。降服：喪服的級別減一等。
[207] 嗣產：承繼的家產。

豈為爭產故耶？大丈夫貴乎自立，我既一身歸，仍以一身去耳！」言已，返身入幕，不覺大慟。叩辭吾母，走告青君，行將出走深山，求赤松子[208]於世外矣。

青君正勸阻間，友人夏南薰字淡安、夏逢泰字揖山兩昆季尋蹤而至，抗聲[209]諫余曰：「家庭若此，固堪動忿，但足下父死而母尚存，妻喪而子未立，乃竟飄然出世，於心安乎？」余曰：「然則如之何？」淡安曰：「奉屈暫居寒舍，聞石琢堂殿撰[210]有告假回籍之信，盍俟其歸而往謁之？其必有以位置君也。」余曰：「凶喪未滿百日，兄等有老親在堂，恐多未便。」揖山曰：「愚兄弟之相邀，亦家君[211]意也。足下如執以為不便，西鄰有禪寺，方丈僧與余交最善，足下設榻於寺中，何如？」余諾之。

青君曰：「祖父所遺房產，不下三四千金，既已分毫不取，豈自己行囊亦捨去耶？我往取之，徑送禪寺父親處可也。」因是於行囊之外，轉得吾父所遺圖書、硯臺、筆筒數件。

寺僧安置予於大悲閣。閣南向，向東設神像，隔西首一間，設月窗，緊對佛龕，本為作佛事者齋食之地，余即設榻其中。臨門有關聖[212]提刀立像，極威武。院中有銀杏一株，大

---

[208] 赤松子：相傳為上古的神仙。

[209] 抗聲：大聲。

[210] 殿撰：官職，宋朝指集英殿修撰、集賢殿修撰。明清兩代指翰林院修撰，按慣例殿試狀元即入翰林院修撰，所以「殿撰」遂成為狀元的通稱。

[211] 家君：家父。

[212] 關聖：關羽。明萬曆時，關羽被封為「三界伏魔大帝神威遠鎮天尊關聖帝君」。

三抱，蔭覆滿閣，夜靜風聲如吼。揖山常攜酒果來對酌，曰：「足下一人獨處，夜深不寐，得無畏怖耶？」余曰：「僕一生坦直，胸無穢念，何怖之有？」居未幾，大雨傾盆，連宵達旦三十餘天，時慮銀杏折枝，壓梁傾屋。賴神默佑，竟得無恙。而外之牆坍屋倒者不可勝計，近處田禾俱被漂沒。余則日與僧人作畫，不見不聞。

七月初，天始霽[213]。揖山尊人號蒓薌，有交易赴崇明，偕余往代筆書券，得二十金。歸，值吾父將安葬，啟堂命逢森向余曰：「叔因葬事乏用，欲助一二十金。」余擬傾囊與之，揖山不允，分幫其半。余即攜青君先至墓所。葬既畢，仍返大悲閣。

九月杪[214]，揖山有田在東海永泰沙，又偕余往收其息。盤桓兩月，歸已殘冬，移寓其家雪鴻草堂度歲。真異姓骨肉也。

乙丑七月，琢堂始自都門回籍。琢堂名韞玉，字執如，琢堂其號也，與余為總角交[215]。乾隆庚戌殿元[216]，出為四川重慶守。白蓮教之亂[217]，三年戎馬，極著勞績。及歸，相見甚歡。旋於重九日，挈眷重赴四川重慶之任，邀余同往。余即叩別吾

---

[213] 霽：雨過天晴。

[214] 九月杪（ㄇㄧㄠˇ）：九月底。杪，本指樹枝的細梢，引申為末尾的意思。

[215] 總角交：即發小。古代男女未成年時，束髮為兩角，稱總角。

[216] 殿元：殿試的第一名，即狀元。

[217] 白蓮教之亂：指嘉慶年間爆發於四川、陝西、河南和湖北邊境地區的白蓮教徒武裝反抗清政府的事件。從嘉慶元年（西元一七九六年）到嘉慶九年（西元一八〇四年），歷時九載，是清代中期規模最大的一次農民戰爭。

母於九妹倩[218]陸尚吾家，蓋先君故居已屬他人矣。吾母囑曰：「汝弟不足恃，汝行須努力。重振家聲，全望汝也！」逢森送余至半途，忽淚落不已，因囑勿送而返。

舟出京口，琢堂有舊交王惕夫孝廉在淮揚鹽署，繞道往晤，余與偕往，又得一顧芸娘之墓。返舟由長江溯流而上，一路遊覽名勝。至湖北之荊州，得升潼關觀察之信，遂留余與其嗣君[219]敦夫、眷屬等，暫寓荊州。琢堂輕騎減從至重慶度歲，遂由成都歷棧道之任。

丙寅二月，川眷始由水路往，至樊城登陸。途長費鉅，車重人多，斃馬折輪，備嘗辛苦。抵潼關甫三月，琢堂又升山左廉訪[220]，清風兩袖。眷屬不能偕行，暫借潼川書院作寓。十月杪，始支[221]山左廉俸，專人接眷。附有青君之書，駭悉逢森於四月間夭亡。始憶前之送余墮淚者，蓋父子永訣也。

嗚呼！芸僅一子，不得延其嗣續耶！琢堂聞之，亦為之浩嘆[222]，贈余一妾，重入春夢。從此擾擾攘攘，又不知夢醒何時耳。

---

[218] 九妹倩（ㄑㄧㄢˋ）：九妹夫。

[219] 嗣君：原指繼位的國君，後以之稱太子，又引申尊稱人的長子。此處指石琢堂之長子。

[220] 山左廉訪：山東巡按。山左，指山東，因在太行山左，故稱。

[221] 支：領取。

[222] 浩嘆：長嘆。

浪遊記快

余遊幕三十年來，天下所未到者，蜀中、黔中與滇南耳。惜乎輪蹄徵逐，處處隨人，山水怡情，雲煙過眼，不過領略其大概，不能探僻尋幽也。余凡事喜獨出己見，不屑隨人是非，即論詩品畫，莫不存人珍我棄、人棄我取之意。故名勝所在，貴乎心得，有名勝而不覺其佳者，有非名勝而自以為妙者。聊以平生所歷歷者記之。

余年十五時，吾父稼夫公館於山陰趙明府幕中。有趙省齋先生名傳者，杭之宿儒[223]也，趙明府延教其子，吾父命余亦拜投門下。

暇日出遊，得至吼山。離城約十里，不通陸路。近山見一石洞，上有片石，橫裂欲墮，即從其下盪舟入。豁然空其中，四面皆峭壁，俗名之曰「水園。臨流建石閣五椽，對面石壁有「觀魚躍」三字，水深不測，相傳有巨鱗[224]潛伏。余投餌試之，僅見不盈尺者出而唼食[225]焉。閣後有道通旱園，拳石[226]亂矗，有橫闊如掌者，有柱石平其頂而上加大石者，鑿痕猶在，一無可取。遊覽既畢，宴於水閣，命從者放爆竹，轟然一響，

[223] 宿儒：亦作「夙儒」，學問深、修養高的儒士。
[224] 巨鱗：大魚。
[225] 唼（ㄕㄚˋ）食：吞食。唼，咬，吃。
[226] 拳石：指園林假山、小石塊。

萬山齊應，如聞霹靂聲。此幼時快遊之始。惜乎蘭亭、禹陵未能一到，至今以為憾。至山陰之明年，先生以親老不遠遊，設帳於家，余遂從至杭，西湖之勝，因得暢遊。結構之妙，予以龍井為最，小有天園次之。石取天竺之飛來峰，城隍山之瑞石古洞。水取玉泉，以水清多魚，有活潑趣也。大約至不堪者，葛嶺之瑪瑙寺。其餘湖心亭、六一泉諸景，各有妙處，不能盡述，然皆不脫脂粉氣，反不如小靜室之幽僻，雅近天然。

蘇小墓在西泠橋側。土人指示，初僅半丘黃土而已。乾隆庚子聖駕南巡，曾一詢及。甲辰春，復舉南巡盛典，則蘇小墓已石築其墳，作八角形，上立一碑，大書曰：「錢塘蘇小小之墓」。從此，弔古騷人不須徘徊探訪矣。余思古來烈魄忠魂堙沒不傳者，固不可勝數，即傳而不久者，亦不為少。小小一名妓耳，自南齊至今，盡人而知之，此殆靈氣所鍾，為湖山點綴耶？

橋北數武，有崇文書院，余曾與同學趙緝之投考其中。時值長夏，起極早，出錢塘門，過昭慶寺，上斷橋，坐石闌上。旭日將升，朝霞映於柳外，盡態極妍[227]。白蓮香裡，清風徐來，令人心骨皆清。步至書院，題猶未出也。午後繳卷，偕緝之納涼於紫雲洞，大可容數十人，石竅上透日光。有人設短几矮凳，賣酒於此。解衣小酌，嘗鹿脯甚妙，佐以鮮菱雪藕，微

[227] 盡態極妍：竭力表現美好的姿容和嫵媚的表情。態，美好的姿容。妍，嫵媚的表情。

酣出洞。緝之曰：「上有朝陽臺，頗高曠，盍往一遊？」余亦興發，奮勇登其巔，覺西湖如鏡，杭城如丸，錢塘江如帶，極目可數百里。此生平第一大觀也。

坐良久，陽烏將落，相攜下山，南屏晚鐘動矣。韜光、雲棲路遠未到，其紅門局之梅花，姑姑廟之鐵樹，不過爾爾。紫陽洞予以為必可觀，而訪尋得之，洞口僅容一指，涓涓流水而已。相傳中有洞天，恨不能抉[228]門而入。

清明日，先生春祭掃墓，挈余同遊。墓在東嶽，是鄉多竹，墳丁掘未出土之毛筍，形如梨而尖，作羹供客。余甘之，盡其兩碗。先生曰：「噫！是雖味美而克心血，宜多食肉以解之。」余素不貪屠門之嚼[229]，至是飯量且因筍而減，歸途覺煩躁，脣舌幾裂。過石屋洞，不甚可觀。水樂洞峭壁多藤蘿，入洞如斗室，有泉流甚急，其聲琅琅。池廣僅三尺，深五寸許，不溢亦不竭。余俯流就飲，煩躁頓解。洞外二小亭，坐其中可聽泉聲。衲子[230]請觀萬年缸，缸在香積廚[231]，形甚巨，以竹引泉灌其內，聽其滿溢，年久結苔厚尺許，冬日不冰，故不損也。

辛丑秋八月，吾父病瘧返里，寒索火，熱索冰，余諫不聽，竟轉傷寒，病勢日重。余侍奉湯藥，晝夜不交睫[232]者幾一

[228] 抉：撬出，挖出。

[229] 屠門之嚼：食肉。

[230] 衲子：出家人。因其著百衲衣，故稱。

[231] 香積廚：僧家的廚房。

[232] 交睫：闔眼。

月。吾婦芸娘亦大病，懨懨在床。心境惡劣，莫可名狀。吾父呼余囑之曰：「我病恐不起，汝守數本書，終非餬口計，我託汝於盟弟蔣思齋，仍繼吾業可耳。」越日思齋來，即於榻前命拜為師。未幾，得名醫徐觀蓮先生診治，父病漸痊，芸亦得徐力起床，而余則從此習幕矣。此非快事，何記於此？曰：此拋書浪遊之始，故記之。

思齋先生名襄。是年冬，即相隨習幕[233]於奉賢官舍。有同習幕者，顧姓名金鑑，字鴻乾，號紫霞，亦蘇州人也，為人慷慨剛毅，直諒不阿[234]，長余一歲，呼之為兄。鴻乾即毅然呼余為弟，傾心相交。此余第一知己交也。惜以二十二歲卒，余即落落寡交。今年且四十有六矣，茫茫滄海，不知此生再遇知己如鴻乾者否？

憶與鴻乾訂交，襟懷高曠，時興山居之想。重九日，余與鴻乾俱在蘇，有前輩王小俠與吾父稼夫公喚女伶演劇，宴客吾家。余患其擾，先一日約鴻乾赴寒山登高，借訪他日結廬[235]之地，芸為整理小酒榼[236]。越日天將曉，鴻乾已登門相邀。遂攜榼出胥門[237]，入麵肆，各飽食。渡胥江，步至橫塘棗市橋，僱

[233] 習幕：指學習、從事幕業。又稱學幕。

[234] 直諒不阿：指人的性格剛直坦誠。

[235] 結廬：構築房舍。

[236] 酒榼（ㄎㄜˋ）：古代的貯酒器，類似木盒，可提挈，方便攜帶。

[237] 胥門：城門名。即今蘇州市城西門，相傳為伍子胥所建。

一葉扁舟，到山，日猶未午。舟子頗循良[238]，令其糴米煮飯。余兩人上岸，先至中峰寺。

寺在支硎古刹之南，循道而上，寺藏深樹，山門寂靜，地僻僧閒，見余兩人不衫不履，不甚接待。余等志不在此，未深入。歸舟，飯已熟。飯畢，舟子攜榼相隨，囑其子守船。由寒山至高義園之白雲精舍，軒臨峭壁，下鑿小池，圍以石欄，一泓秋水，崖懸薜荔[239]，牆積莓苔[240]。坐軒下，唯聞落葉蕭蕭，悄無人跡。

出門有一亭，囑舟子坐此相候。余兩人從石罅中入，名「一線天」。循級盤旋，直造其巔，日「上白雲」，有庵已坍頹，存一危樓，僅可遠眺。小憩片刻，即相扶而下。舟子日：「登高忘攜酒榼矣。」鴻乾日：「我等之遊，欲覓偕隱地耳，非專為登高也。」舟子日：「離此南行二三里，有上沙村，多人家，有隙地，我有表戚范姓居是村，盍往一遊？」余喜日：「此明末徐俟齋[241]先生隱居處也。有園，聞極幽雅，從未一遊。」於是舟子導往。

村在兩山夾道中。園依山而無石，老樹多極紆迴盤鬱[242]之勢，亭榭窗欄，盡從樸素。竹籬茅舍，不愧隱者之居。中有皂

[238] 循良：善良。

[239] 薜荔（ㄅㄧˋ ㄌㄧˋ）：植物名。又稱木蓮，常綠藤本，蔓生，葉橢圓形，花極小，隱於花托內。果實富膠汁，可製涼粉，有解暑作用。

[240] 莓苔：青苔。

[241] 徐俟齋：徐枋，字昭發，號俟齋。江蘇吳縣（一九九五年已撤銷）人。明末清初詩人、書畫家。崇禎十五年舉人，入清不仕，隱居於天平山麓。

[242] 盤鬱：高大繁盛貌。

蔌亭，樹大可兩抱。余所歷園亭，此為第一。

園左有山，俗呼雞籠山。山峰直豎，上加大石，如杭城之瑞石古洞，而不及其玲瓏。旁一青石如榻，鴻乾臥其上曰：「此處仰觀峰嶺，俯視園亭，既曠且幽，可以開樽[243]矣。」因拉舟子同飲，或歌或嘯，大暢胸懷。

土人知余等覓地而來，誤以為堪輿[244]，以某處有好風水相告。鴻乾曰：「但期合意，不論風水。」豈意竟成讖語！酒瓶既罄，各採野菊插滿兩鬢。

歸舟，日已將沒。更許抵家，客猶未散。芸私告余曰：「女伶中有蘭官者，端莊可取。」余假傳母命呼之入內，握其腕而睨之，果豐頤白膩。余顧芸曰：「美則美矣，終嫌名不稱實。」芸曰：「肥者有福相。」余曰：「馬嵬之禍[245]，玉環之福安在？」芸以他辭遣之出，謂余曰：「今日君又大醉耶？」余乃歷述所遊，芸亦神往者久之。

癸卯春，余從思齋先生就維揚之聘，始見金、焦面目。金山宜遠觀，焦山宜近視，惜餘往來其間，未嘗登眺。渡江而北，漁洋[246]所謂「綠楊城郭是揚州」一語已活現矣！

---

[243] 開樽：舉杯飲酒。

[244] 堪輿：檢視風水。

[245] 馬嵬之禍：西元七五六年，即安史之亂爆發後第二年，唐玄宗逃至馬嵬驛，隨行將士處死宰相楊國忠，並逼迫楊玉環自盡，史稱「馬嵬驛兵變」。此處意指楊玉環雖胖，卻非福相。

[246] 漁洋：清初著名詩人王士禛的名號。

平山堂離城約三四里，行其途有八九里，雖全是人工，而奇思幻想，點綴天然，即閬苑瑤池、瓊樓玉宇，諒不過此。其妙處在十餘家之園亭合而為一，聯絡至山，氣勢俱貫。其最難位置處，出城入景，有一里許緊沿城郭。夫城綴於曠遠重山間，方可入畫，園林有此，蠢笨絕倫。而觀其或亭或臺，或牆或石，或竹或樹，半隱半露間，使遊人不覺其觸目[247]，此非胸有丘壑者斷難下手。

城盡，以虹園為首，折而向北，有石梁曰「虹橋」，不知園以橋名乎？橋以園名乎？盪舟過，曰「長堤春柳」，此景不綴城腳而綴於此，更見布置之妙。再折而西，壘土立廟，曰「小金山」，有此一擋，便覺氣勢緊湊，亦非俗筆。聞此地本沙土，屢築不成，用木排若干，層疊加土，費數萬金乃成。若非商家，烏能如是。

過此有勝概樓，年年觀競渡於此。河面較寬，南北跨一蓮花橋，橋門通八面，橋面設五亭，揚人呼為「四盤一暖鍋」。此思窮力竭之為，不甚可取。橋南有蓮心寺，寺中突起喇嘛白塔，金頂瓔珞[248]，高矗雲霄，殿角紅牆，松柏掩映，鐘磬時聞，此天下園亭所未有者。過橋見三層高閣，畫棟飛簷，五彩絢爛，疊以太湖石，圍以白石欄，名曰「五雲多處」，如作文中間之大結構也。過此名「蜀岡朝旭」，平坦無奇，且屬附會。將

[247] 觸目：顯眼，引人注目。此處指突兀。
[248] 瓔珞（ㄧㄥ ㄌㄨㄛˋ）：用珠玉串成戴在頸項上的飾物。

及山，河面漸束，堆土植竹樹，作四五曲。似已山窮水盡，而忽豁然開朗，平山之萬松林已列於前矣。

「平山堂」為歐陽文忠[249]公所書。所謂淮東第五泉，真者在假山石洞中，不過一井耳，味與天泉同；其荷亭中之六孔鐵井欄者，乃系假設，水不堪飲。九峰園另在南門幽靜處，別饒天趣，余以為諸園之冠。康山未到，不識如何。此皆言其大概，其工巧處、精美處，不能盡述，大約宜以豔妝美人目之，不可作浣紗溪上觀也。余適恭逢南巡盛典，各工告竣，敬演接駕點綴[250]，因得暢其大觀，亦人生難遇者也。甲辰之春，余隨侍吾父於吳江何明府幕中，與山陰章蘋江、武林章映牧、苕溪顧靄泉諸公同事，恭辦南斗圩行宮，得第二次瞻仰天顏。一日，天將晚矣，忽動歸興。有辦差小快船，雙櫓兩槳，於太湖飛棹疾馳，吳俗呼為「出水轡頭」，轉瞬已至吳門橋。即跨鶴騰空，無此神爽。抵家，晚餐未熟也。

吾鄉素尚繁華，至此日之爭奇奪勝，較昔尤奢。燈綵眩眸，笙歌聒耳，古人所謂「畫棟雕甍」、「珠簾繡幕」、「玉闌干」、「錦步障」[251]，不啻過之。余為友人東拉西扯，助其插花結綵，閒則呼朋引類，劇飲狂歌，暢懷遊覽，少年豪興，不倦

[249] 歐陽文忠：歐陽修，諡號文忠，世稱歐陽文忠公。

[250] 點綴：湊數，應景。

[251] 「畫棟雕甍（ㄇㄥˊ）」……「錦步障」：極言建築布置之奢華。畫棟雕甍：指有彩繪裝飾的十分華麗的房屋。甍，屋脊；棟，支柱。錦步障：相傳西晉富豪石崇出門，沿路兩側用錦緞布匹遮攔，形成甬道。

不疲。苟生於盛世而仍居僻壤，安得此遊觀哉？

是年，何明府因事被議，吾父即就海寧王明府之聘。嘉興有劉蕙階者，長齋佞佛[252]，來拜吾父。其家在煙雨樓側，一閣臨河，曰「水月居」，其誦經處也，潔淨如僧舍。煙雨樓在鏡湖之中，四岸皆綠楊，惜無多竹。有平台可遠眺，漁舟星列，漠漠平波，似宜月夜。衲子備素齋甚佳。

至海寧，與白門史心月、山陰俞午橋同事。心月一子名燭衡，澄靜緘默，彬彬儒雅，與余莫逆，此生平第二知心交也。惜萍水相逢，聚首無多日耳。

遊陳氏安瀾園，地占百畝，重樓複閣，夾道迴廊。池甚廣，橋作六曲形。石滿藤蘿，鑿痕全掩，古木千章，皆有參天之勢。鳥啼花落，如入深山。此人工而歸於天然者，余所歷平地之假石園亭，此為第一。曾於桂花樓中張宴，諸味盡為花氣所奪，唯醬薑味不變。薑桂之性老而愈辣，以喻忠節之臣，洵[253]不虛也。

出南門即大海，一日兩潮，如萬丈銀堤破海而過。船有迎潮者，潮至，反棹[254]相向，於船頭設一木招，狀如長柄大刀。招一捺[255]，潮即分破，船即隨招而入，俄頃始浮起，撥轉船頭

---

[252] 佞佛：信佛。
[253] 洵：通「恂」，確實。
[254] 棹：船槳。
[255] 捺：按下。

隨潮而去，頃刻百里。塘[256]上有塔院，中秋夜曾隨吾父觀潮於此。循塘東約三十里，名尖山，一峰突起，撲入海中。山頂有閣，匾曰「海闊天空」。一望無際，但見怒濤接天而已。

余年二十有五，應徽州績溪克明府之召。由武林下「江山船」，過富春山，登子陵釣臺[257]。臺在山腰，一峰突起，離水十餘丈。豈漢時之水竟與峰齊耶？月夜泊界口，有巡檢署。「山高月小，水落石出」[258]，此景宛然。黃山僅見其腳，惜未一瞻面目。

績溪城處於萬山之中，彈丸小邑，民情純樸。近城有石鏡山，由山彎中曲折一里許，懸崖急湍，溼翠欲滴。漸高，至山腰，有一方石亭，四面皆陡壁。亭左石削如屏，青色光潤，可鑑人形，俗傳能照前生，黃巢至此，照為猿猴形，縱火焚之，故不復現。

離城十里有火雲洞天，石紋盤結，凹凸巉巖，如黃鶴山樵[259]筆意，而雜亂無章，洞石皆深絳色。旁有一庵，甚幽靜，鹽商程虛谷曾招遊設宴於此。席中有肉饅頭，小沙彌眈眈旁視，授以四枚，臨行以番銀二圓為酬，山僧不識，推不受。告

---

[256] 塘：堤岸。

[257] 子陵釣臺：位於浙江省桐廬縣的富春山麓，因東漢嚴子陵隱居於此得名，後世相傳該地有其垂釣之臺。嚴子陵，東漢光武帝劉秀同學兼好友，幫助劉秀起兵成功後，隱姓埋名，退居富春山。

[258] 山高月小，水落石出：語出蘇軾〈後赤壁賦〉。

[259] 黃鶴山樵：元代著名畫家王蒙。浙江湖州人。曾隱居於仁和黃鶴山，故以為號。

以一枚可易青錢七百餘文，僧以近無易處，仍不受。乃攢湊青蚨六百文付之，始欣然作謝。

他日余邀同人攜榼再往，老僧囑曰：「曩者小徒不知食何物而腹瀉，今勿再與。」可知藜藿[260]之腹不受肉味，良可嘆也。余謂同人曰：「作和尚者，必居此等僻地，終身不見不聞，或可修真養靜。若吾鄉之虎丘山，終日目所見者妖童豔妓，耳所聽者弦索笙歌，鼻所聞者佳餚美酒，安得身如枯木、心如死灰哉？」

又去城三十里，名曰仁里，有花果會，十二年一舉，每舉各出盆花為賽。余在績溪，適逢其會，欣然欲往，苦無轎馬。乃教以斷竹為槓，縛椅為轎，僱人肩之而去，同遊者唯同事許策廷，見者無不訝笑。至其地，有廟，不知供何神。廟前曠處高搭戲臺，畫梁方柱，極其巍煥[261]。近視，則紙紮彩畫，抹以油漆者。鑼聲忽至，四人抬對燭，大如斷柱；八人抬一豬，大若牯牛，蓋公養十二年始宰以獻神。策廷笑曰：「豬固壽長，神亦齒利。我若為神，烏能享此。」余曰：「亦足見其愚誠也。」入廟，殿廊軒院所設花果盆玩，並不剪枝拗節，盡以蒼老古怪為佳，大半皆黃山松。既而開場演劇，人如潮湧而至，余與策廷遂避去。未兩載，余與同事不合，拂衣歸里。

余自績溪之遊，見熱鬧場[262]中，卑鄙之狀不堪入目，因

[260] 藜藿（ㄌㄧˊ ㄏㄨㄛˋ）：皆野菜名。泛指粗劣的飯菜。
[261] 巍煥（ㄨㄟˊ ㄏㄨㄢˋ）：亦作「巍奐」，形容高大輝煌。
[262] 熱鬧場：官場。

易儒為賈。余有姑丈袁萬九，在盤溪之仙人塘作釀酒生涯，余與施心耕附資合夥。袁酒本海販，不一載，值臺灣林爽文之亂[263]，海道阻隔，貨積本折，不得已，仍為馮婦[264]。館江北四年，一無快遊可記。

迨居蕭爽樓，正作煙火神仙，有表妹倩徐秀峰自粵東歸，見余閒居，慨然曰：「足下待露而爨[265]，筆耕而炊，終非久計，盍偕我作嶺南遊？當不僅獲蠅頭利也。」芸亦勸余曰：「乘此老親尚健，子尚壯年，與其商柴計米而尋歡，不如一勞永逸。」余乃商諸交遊者，集資作本。芸亦自辦繡貨及嶺南所無之蘇酒、醉蟹等物。稟知堂上，於小春[266]十日，偕秀峰由東壩出蕪湖口。

長江初歷，大暢襟懷。每晚舟泊後，必小酌船頭。見捕魚者罾冪[267]不滿三尺，孔大約有四寸，鐵箍四角，似取易沉。余笑曰：「聖人之教雖曰『罟不用數』[268]，而如此之大孔小罾，焉能有獲？」秀峰曰：「此專為網鯿魚設也。」見其繫以長綆，忽

[263] 林爽文：清乾隆年間臺灣人，曾於西元一七八六年至一七八八年發動臺灣歷史上規模最大、範圍最廣的農民起義，後被鎮壓。

[264] 仍為馮婦：典出《孟子．盡心下》，馮婦善搏虎，成為讀書人之後見到老虎又情不自禁地搏起虎來。喻重操舊業。

[265] 待露而爨（ㄘㄨㄢˋ）：等著天上降露水煮飯，比喻生活拮据。爨，支起灶臺做飯。

[266] 小春：夏曆十月，因其溫暖如春，又稱「小陽春」。宋歐陽修〈漁家傲〉詞：「十月小春梅蕊綻，紅爐畫閣新裝遍。」

[267] 罾（ㄗㄥ）冪：漁網。罾，古代一種用木棍或竹竿做支架的方形漁網。冪，覆蓋物體的巾。

[268] 罟（ㄍㄨˇ）不用數：不要用密網捕魚。語出《孟子．梁惠王上》：「數罟不入洿池，魚鱉不可勝食也。」罟，漁網。數，細密。

起忽落，似探魚之有無。未幾，急挽出水，已有鯿魚枷罾孔而起矣。余始喟然曰：「可知一己之見，未可測其奧妙。」

一日，見江心中一峰突起，四無依倚。秀峰曰：「此小孤山[269]也。」霜林中，殿閣參差，乘風徑過，惜未一遊。至滕王閣，猶吾蘇府學之尊經閣[270]移於胥門之大馬頭[271]，王子安序[272]中所云不足信也。即於閣下換高尾昂首船，名「三板子」，由贛關至南安登陸。值余三十誕辰，秀峰備麵為壽。

越日過大庾嶺[273]，出巔一亭，匾曰「舉頭日近」，言其高也。山頭分為二，兩邊峭壁，中留一道如石巷。口列兩碑，一曰「急流勇退」，一曰「得意不可再往」。山頂有梅將軍祠，未考為何朝人。所謂嶺上梅花，並無一樹，意者以梅將軍得名梅嶺耶？余所帶送禮盆梅，至此將交臘月，已花落而葉黃矣。

過嶺出口，山川風物[274]便覺頓殊。嶺西一山，石竅玲瓏，已忘其名，輿夫[275]曰：「中有仙人床榻。」匆匆竟過，以未得遊為悵。

---

[269] 小孤山：位於安徽省宿松縣城東南六十公里的長江中的獨立山峰。形態特異，孤峰聳立。以奇、險、獨、孤而著稱。

[270] 府學：古代府級官辦教育機構。尊經閣：藏書之所，主要貯藏儒家經典及百家子史諸書。

[271] 馬頭：碼頭。

[272] 王子安序：即王勃的〈滕王閣序〉。王勃，字子安。

[273] 大庾嶺：位於江西與廣東兩省邊境，跨越贛州市、韶關市的大型山脈，為五嶺之一。

[274] 風物：風光，景物。

[275] 輿夫：轎夫。

至南雄，僱老龍船，過佛山鎮，見人家牆頂多列盆花，葉如冬青，花如牡丹，有大紅、粉白、粉紅三種，蓋山茶花也。

臘月望，始抵省城，寓靖海門內，賃王姓臨街樓屋三椽。秀峰貨物皆銷與當道[276]，余亦隨其開單拜客。即有配禮者，絡繹取貨，不旬日而餘物已盡。除夕，蚊聲如雷。歲朝賀節，有棉袍紗套者。不唯氣候迥別，即土著人物，同一五官而神情迥異。

正月既望，有署中同鄉三友拉余遊河觀妓，名曰「打水圍」，妓名「老舉」。於是同出靖海門，下小艇，如剖分之半蛋而加篷焉。先至沙面，妓船名「花艇」，皆對頭分排，中留水巷以通小艇往來。每幫約一二十號，橫木綁定，以防海風。兩船之間，釘以木樁，套以藤圈，以便隨潮漲落。鴇兒呼為「梳頭婆」，頭用銀絲為架，高約四寸許，空其中而蟠髮於外，以長耳挖插一朵花於鬢，身披元青短襖，著元青長褲，管拖腳背；腰束汗巾，或紅或綠，赤足撒鞋，式如梨園[277]旦腳。

登其艇，即躬身笑迎。搴[278]幃入艙，旁列椅杌[279]，中設大炕，一門通艄後。婦呼「有客」，即聞履聲雜沓而出，有挽髻者，有盤辮者，傅粉如粉牆，搽脂如榴火，或紅襖綠褲，或綠

[276]　當道：掌權者、執政者。

[277]　梨園：指戲班。

[278]　搴（ㄑㄧㄢ）：通「褰」，撩起。盧照鄰〈釋疾文〉：「搴裳訪古。」

[279]　杌（ㄨˋ）：小凳。

襖紅褲，有著短襪而撮繡花蝴蝶履者，有赤足而套銀腳鐲者，或蹲於炕，或倚於門，雙瞳閃閃，一言不發。

余顧秀峰曰：「此何為者也？」秀峰曰：「目成之後，招之始相就耳。」余試招之，果即歡容至前，袖出檳榔為敬。入口大嚼，澀不可耐，急吐之，以紙擦脣，其吐如血。合艇皆大笑。

又至軍工廠，妝束亦相等，唯長幼皆能琵琶而已。與之言，對曰「𠺢」，「𠺢」者「何」也。余曰：「少不入廣[280]者，以其銷魂耳，若此野妝蠻語，誰為動心哉？」一友曰：「潮幫妝束如仙，可往一遊。」至其幫，排舟亦如沙面。有著名鴇兒素娘者，妝束如花鼓婦。其粉頭[281]衣皆長領，頸套項鎖，前髮齊眉，後髮垂肩，中挽一鬏似丫髻；裹足者著裙，不裹足者短襪，亦著蝴蝶履，長拖褲管，語音可辨。而余終嫌為異服，興趣索然。

秀峰曰：「靖海門對渡有揚幫，留吳妝，君往，必有合意者。」一友曰：「所謂揚幫者，僅一鴇兒，呼曰『邵寡婦』，攜一媳曰大姑，系來自揚州，余皆湖廣江西人也。」因至揚幫。對面兩排僅十餘艇，其中人物皆雲鬟霧鬢，脂粉薄施，闊袖長裙，語音了了[282]。所謂邵寡婦者，殷勤相接。遂有一友另喚酒船，大者曰「恆艫」，小者曰「沙姑艇」，作東道相邀，請余擇妓。

[280] 少不入廣：年輕人不宜到廣州去（因為那裡物產繁盛，享樂風行，令年輕人玩物喪志）。此類俗語還有「老不入川」（因道路難行）、「女不入藏」（因美女如雲）等等。

[281] 粉頭：妓女。

[282] 了了：明白，清楚。

余擇一雛年者，身材狀貌有類余婦芸娘，而足極尖細，名喜兒。秀峰喚一妓，名翠姑。余皆各有舊交。放艇中流，開懷暢飲。至更許，余恐不能自持，堅欲回寓，而城已下鑰[283]久矣。蓋海疆之城，日落即閉，余不知也。及終席，有臥而吃鴉片煙者，有擁妓而調笑者。伻頭[284]各送衾枕至，行將連床開鋪。

余暗詢喜兒：「汝本艇可臥否？」對曰：「有寮可居，未知有客否也。」（寮者，船頂之樓。）余曰：「姑往探之。」招小艇渡至邵船，但見合幫燈火相對如長廊，寮適無客。鴇兒笑迎，曰：「我知今日貴客來，故留寮以相待也。」余笑曰：「姥真荷葉下仙人哉！」

遂有伻頭移燭相引，由艙後梯而登，宛如斗室，旁一長榻，几案俱備。揭簾再進，即在頭艙之頂，床亦旁設，中間方窗嵌以玻璃，不火而光滿一室，蓋對船之燈光也。衾帳鏡奩，頗極華美。喜兒曰：「從臺可以望月。」即在梯門之上疊開一窗，蛇行而出，即後梢之頂也。三面皆設短欄，一輪明月，水闊天空。縱橫如亂葉浮水者，酒船也；閃爍如繁星列天者，酒船之燈也；更有小艇梳織往來，笙歌弦索之聲雜以漲潮之沸，令人情為之移。

[283] 下鑰：指城門關閉。

[284] 伻（ㄅㄥ）頭：僕人。

余曰：「『少不入廣』，當在斯矣！」惜余婦芸娘不能偕遊至此，回顧喜兒，月下依稀相似，因挽之下臺，息燭而臥。天將曉，秀峰等已鬨然至，余披衣起迎，皆責以昨晚之逃。余曰：「無他，恐公等掀衾揭帳耳！」遂同歸寓。

越數日，偕秀峰遊海珠寺。寺在水中，圍牆若城四周，離水五尺許有洞，設大炮以防海寇，潮漲潮落，隨水浮沉，不覺炮門之或高或下，亦物理之不可測者。十三洋行[285]在幽蘭門之西，結構與洋畫同。對渡名「花地」，花木甚繁，廣州賣花處也。余自以為無花不識，至此僅識十之六七，詢其名，有《群芳譜》[286]所未載者，或土音之不同歟？

海幢寺規模極大。山門內植榕樹，大可十餘抱，陰濃如蓋，秋冬不凋，柱檻窗欄皆以鐵梨木為之。有菩提樹，其葉似柿，浸水去皮，肉筋細如蟬翼紗[287]，可裱小冊寫經。

歸途訪喜兒於花艇，適翠、喜二妓俱無客。茶罷欲行，挽留再三。余所屬意在寮，而其媳大姑已有酒客在上，因謂邵鴇兒曰：「若可同往寓中，則不妨一敘。」邵曰：「可。」秀峰先歸，囑從者整理酒餚。余攜翠、喜至寓。

---

[285] 十三洋行：即廣州十三行，創立於康熙年間，是清政府特許經營對外貿易的專業商行。

[286] 《群芳譜》：明代王象晉所輯《二如亭群芳譜》，共三十卷，是一部介紹植物栽培技術的農學著作。清康熙年間，由內閣學士汪灝等人對其進行改編、補正，並擴充成一百卷的《廣群芳譜》。

[287] 蟬翼紗：薄如蟬翼的輕紗。

正談笑間，適郡署王懋老不期而來，挽之同飲。酒將沾脣，忽聞樓下人聲嘈雜，似有上樓之勢，蓋房東一姪素無賴，知余招妓，故引人圖詐耳。秀峰怨曰：「此皆三白一時高興，不合我亦從之。」余曰：「事已至此，應速思退兵之計，非鬥口時也。」懋老曰：「我當先下說之。」

余即喚僕速僱兩轎，先脫兩妓，再圖出城之策。聞懋老說之不退，亦不上樓。兩轎已備，余僕手足頗捷，令其向前開路，秀峰挽翠姑繼之，余挽喜兒於後，一哄而下。秀峰、翠姑得僕力，已出門去，喜兒為橫手所拿，余急起腿，中其臂，手一鬆而喜兒脫去，余亦乘勢脫身出。余僕猶守於門，以防追搶。急問之曰：「見喜兒否？」僕曰：「翠姑已乘轎去，喜娘但見其出，未見其乘轎也。」余急燃炬，見空轎猶在路旁。急追至靖海門，見秀峰侍翠轎而立，又問之，對曰：「或應投東，而反奔西矣。」急反身，過寓十餘家，聞暗處有喚余者，燭之，喜兒也，遂納之轎，肩而行。

秀峰亦奔至，曰：「幽蘭門有水竇[288]可出，已託人賄之啟鑰，翠姑去矣，喜兒速往！」余曰：「君速回寓退兵，翠、喜交我！」至水竇邊，果已啟鑰，翠先在。余遂左掖喜，右挽翠，折腰鶴步，踉蹌出竇。天適微雨，路滑如油，至河乾沙面，笙歌正盛。小艇有識翠姑者，招呼登舟。始見喜兒首如飛蓬，釵

[288] 水竇：水道，水之出入孔道。

環俱無有。余曰：「被搶去耶？」喜兒笑曰：「聞此皆赤金，阿母[289]物也，妾於下樓時已除去，藏於囊中。若被搶去，累君賠償耶。」余聞言，心甚德[290]之，令其重整釵環，勿告阿母，託言寓所人雜，故仍歸舟耳。翠姑如言告母，並曰：「酒菜已飽，備粥可也。」

時寮上酒客已去，邵鴇兒命翠亦陪余登寮。見兩對繡鞋泥汙已透。三人共粥，聊以充飢。剪燭絮談，始悉翠籍湖南，喜亦豫產，本姓歐陽，父亡母醮，為惡叔所賣。翠姑告以迎新送舊之苦，心不歡必強笑，酒不勝必強飲，身不快必強陪，喉不爽必強歌。更有乖張其性者，稍不合意，即擲酒翻案，大聲辱罵，假母不察，反言接待不周。又有惡客徹夜蹂躪，不堪其擾。喜兒年輕初到，母猶惜之。不覺淚隨言落，喜兒亦嘿然[291]涕泣。余乃挽喜入懷，撫慰之。囑翠姑臥於外榻，蓋因秀峰交也。

自此或十日或五日，必遣人來招，喜或自放小艇，親至河干迎接。余每去必偕秀峰，不邀他客，不另放艇。一夕之歡，番銀四圓而已。秀峰今翠明紅，俗謂之跳槽，甚至一招兩妓。余則唯喜兒一人，偶獨往，或小酌於平台，或清談於寮內，不令唱歌，不強多飲，溫存體恤，一艇怡然，鄰妓皆羨之。有空

---

[289] 阿母：指老鴇。古代老鴇與妓女之間一般都存在名義上的母女關係。下文中翠姑所言「假母」，意為義母，也是指老鴇。

[290] 德：感激。

[291] 嘿然：嘿，通「默」，沉默無言狀。

閒無客者，知余在寮，必來相訪。合幫之妓，無一不識，每上其艇，呼余聲不絕，余亦左顧右盼，應接不暇，此雖揮霍萬金所不能致者。

余四月在彼處，共費百餘金，得嘗荔枝鮮果，亦生平快事。後鴇兒欲索五百金強余納喜，余患其擾，遂圖歸計。秀峰迷戀於此，因勸其購一妾，仍由原路返吳。明年，秀峰再往，吾父不准偕遊，遂就青浦楊明府之聘。及秀峰歸，述及喜兒因余不往，幾尋短見。噫！「半年一覺揚幫夢，贏得花船薄倖名」矣。

余自粵東歸來，館青浦兩載，無快遊可述。未幾，芸、憨相遇，物議沸騰，芸以激憤致病。余與程墨安設一書畫鋪於家門之側，聊佐湯藥之需。

中秋後二日，有吳雲客偕毛憶香、王星瀾邀余遊西山小靜室，余適腕底無閒[292]，囑其先往。吳曰：「子能出城，明午當在山前水踏橋之來鶴庵相候。」余諾之。

越日，留程守鋪，余獨步出閶門。至山前，過水踏橋，循田塍而西，見一庵南向，門帶清流。剝啄[293]問之，應曰：「客何來？」余告之。笑曰：「此『得雲』也，客不見匾額乎？『來鶴』已過矣！」余曰：「自橋至此，未見有庵。」其人回指曰：「客不見土牆中森森多竹者，即是也。」

[292] 腕底無閒：指忙於寫字畫畫。

[293] 剝啄：象聲詞。韓愈〈剝啄行〉：「剝剝啄啄，有客至門。」此處指敲門。

余乃返至牆下，小門深閉，門隙窺之，短籬曲徑，綠竹猗猗[294]，寂不聞人語聲。叩之，亦無應者。一人過，曰：「牆穴有石，敲門具也。」余試連擊，果有小沙彌出應。余即循徑入，過小石橋，向西一折，始見山門，懸黑漆額，粉書「來鶴」二字，後有長跋，不暇細觀。入門經韋陀殿，上下光潔，纖塵不染，知為小靜室。忽見左廊又一小沙彌奉壺出，余大聲呼問，即聞室內星瀾笑曰：「何如？我謂三白決不失信也！」旋見雲客出迎，曰：「候君早膳，何來之遲？」一僧繼其後，向余稽首，問知為竹逸和尚。入其室，僅小屋三椽，額曰「桂軒」，庭中雙桂盛開。星瀾、憶香群起嚷曰：「來遲罰三杯！」席上葷素精潔，酒則黃白俱備。余問曰：「公等遊幾處矣？」雲客曰：「昨來已晚，今晨僅到得雲、河亭耳。」歡飲良久。

飯畢，仍自得雲、河亭共遊八九處，至華山而止，各有佳處，不能盡述。華山之頂有蓮花峰，以時欲暮，期以後遊。桂花之盛，至此為最，就花下飲清茗一甌，即乘山輿，徑回來鶴。

桂軒之東，另有臨潔小閣，已杯盤羅列。竹逸寡言靜坐，而好客善飲。始則折桂催花[295]，繼則每人一令，二鼓始罷。

余曰：「今夜月色甚佳，即此酣臥，未免有負清光，何處得高曠地，一玩月色，庶不虛此良夜也？」竹逸曰：「放鶴亭可登

[294] 綠竹猗猗（一一）：語出《詩經．衛風．淇奧》：「瞻彼淇奧，綠竹猗猗。」猗猗，美而茂盛貌。

[295] 折桂催花：指飲酒行花枝令。一人在屏後擊鼓，眾人依次傳遞花枝，鼓聲停止時執花枝者罰飲。

也。」雲客曰：「星瀾抱得琴來，未聞絕調，到彼一彈何如？」乃偕往。但見木犀香裡，一路霜林[296]，月下長空，萬籟俱寂。星瀾彈《梅花三弄》，飄飄欲仙。憶香亦興發，袖出鐵笛，嗚嗚而吹之。雲客曰：「今夜石湖看月者，誰能如吾輩之樂哉？」蓋吾蘇八月十八日石湖行春橋下，有看串月[297]勝會，遊船排擠，徹夜笙歌，名雖看月，實則挾妓哄飲而已。未幾，月落霜寒，興闌歸臥。明晨，雲客謂眾曰：「此地有無隱庵，極幽僻，君等有到過者否？」咸對曰：「無論未到，並未嘗聞也。」竹逸曰：「無隱四面皆山，其地甚僻，僧不能久居。向年曾一至，已坍廢。自尺木彭居士[298]重修後，未嘗往焉，今猶依稀識之。如欲往遊，請為前導。」憶香曰：「枵腹去耶？」竹逸笑曰：「已備素麵矣，再令道人攜酒盒相從也。」麵畢，步行而往。過高義園，雲客欲往白雲精舍，入門就坐。一僧徐步出，向雲客拱手曰：「違教[299]兩月，城中有何新聞？撫軍在轅[300]否？」憶香忽起曰：「禿！」拂袖徑出。余與星瀾忍笑隨之。雲客、竹逸酬答數語，亦辭出。

---

[296] 霜林：本義為帶霜或經霜的林木，此處喻樹林在月光下泛白，如同著了霜一樣。

[297] 串月：蘇州石湖行春橋九孔連拱，相傳農曆八月十八日晚上，月光初起，每個橋洞中各有一個月亮映在水中，出現月影成串的奇觀。清沈日霖《晉人麈．異聞．串月》：「吳中風俗於八月十八日行春橋看串月。」

[298] 尺木彭居士：彭紹升，法名際清，字允初，號尺木，江蘇長洲人。乾隆年中舉進士，然辭官不就。二十九歲時讀佛書，歸心佛法。為清代居士佛教的著名代表人物，他的研究主要集中在佛學思想方面，為近世佛教興盛做出了較大的貢獻。

[299] 違教：不能得到指教。客套語。

[300] 撫軍：官名，明清時巡撫的別稱。轅：衙署。

高義園即范文正公墓，白雲精舍在其旁。一軒面壁，上懸藤蘿，下鑿一潭，廣丈許，一泓清碧，有金鱗游泳其中，名曰「缽盂泉」。竹爐茶灶，位置極幽。軒後於萬綠叢中，可瞰范園之概。惜衲子俗，不堪久坐耳。是時由上沙村過雞籠山，即余與鴻乾登高處也。風物依然，鴻乾已死，不勝今昔之感。正惆悵間，忽流泉阻路不得進，有三五村童掘菌子於亂草中，探頭而笑，似訝多人之至此者。詢以無隱路，對曰：「前途水大不可行，請返數步，南有小徑，度嶺可達。」

從其言，度嶺南，行里許，漸覺竹樹叢雜，四山環繞，徑滿綠茵，已無人跡。竹逸徘徊四顧，曰：「似在斯，而徑不可辨，奈何？」余乃蹲身細矚，於千竿竹中隱隱見亂石牆舍，徑撥叢竹間，橫穿入覓之，始得一門，曰「無隱禪院，某年月日南園老人彭某重修」，眾喜，曰：「非君則武陵源[301]矣！」

山門緊閉，敲良久，無應者。忽旁開一門，呀然有聲，一鶉衣[302]少年出，面有菜色，足無完履，問曰：「客何為者？」竹逸稽首曰：「慕此幽靜，特來瞻仰。」少年曰：「如此窮山，僧散無人接待，請覓他遊。」言已，閉門欲進。雲客急止之，許以啟門放遊，必當酬謝。少年笑曰：「茶葉俱無，恐慢客耳，豈望酬耶？」

山門一啟，即見佛面，金光與綠陰相映，庭階石礎，苔積如繡，殿後臺級如牆，石欄繞之。循臺而西，有石形如饅頭，

---

[301] 武陵源：即桃花源。

[302] 鶉（ㄔㄨㄣˊ）衣：破爛的衣服。鶉，鵪鶉，其尾禿，故稱。

高二丈許，細竹環其趾。再西折北，由斜廊躡級而登，客堂三楹[303]，緊對大石。石下鑿一小月池，清泉一派，荇藻交橫。堂東即正殿，殿左西向為僧房廚灶，殿後臨峭壁，樹雜陰濃，仰不見天。星瀾力疲，就池邊小憩，余從之。將啟盒小酌，忽聞憶香音在樹杪，呼曰：「三白速來，此間有妙境！」仰而視之，不見其人，因與星瀾循聲覓之。由東廂出一小門，折北，有石蹬如梯，數十級，於竹塢[304]中瞥見一樓。又梯而上，八窗洞然，額曰「飛雲閣」。四山抱列如城，缺西南一角，遙見一水浸天，風帆隱隱，即太湖也。倚窗俯視，風動竹梢，如翻麥浪。憶香曰：「何如？」余曰：「此妙境也。」忽又聞雲客於樓西呼曰：「憶香速來，此地更有妙境！」因又下樓，折而西，十餘級，忽豁然開朗，平坦如臺。度其地，已在殿後峭壁之上，殘磚缺礎尚存，蓋亦昔日之殿基也。周望環山，較閣更暢。憶香對太湖長嘯一聲，則群山齊應。乃席地開樽，忽愁枵腹，少年欲烹焦飯代茶，隨令改茶為粥，邀與同啖。詢其何以冷落至此，曰：「四無居鄰，夜多暴客，積糧時來強竊，即植蔬果，亦半為樵子所有。此為崇寧寺下院，長廚中月送飯乾一石、鹽菜一罈而已。某為彭姓裔，暫居看守，行將歸去，不久當無人跡矣。」雲客謝以番銀一圓。

返至來鶴，買舟而歸。余繪《無隱圖》一幅，以贈竹逸，志快遊也。

---

[303] 楹：古代房屋的單位，猶「間」。

[304] 竹塢：竹林茂盛的山間低窪地塊。塢，四面高中間凹下的地方。

是年冬，余為友人作中保所累，家庭失歡，寄居錫山華氏。明年春，將之維揚而短於資，有故人韓春泉在上洋幕府，因往訪焉。衣敝履穿，不堪入署，投札約晤於郡廟園亭中。及出見，知余愁苦，慨助十金。園為洋商捐施而成，極為闊大，惜點綴各景，雜亂無章，後疊山石，亦無起伏照應。

歸途忽思虞山之勝，適有便舟附之。時當春仲，桃李爭妍，逆旅行蹤，苦無伴侶，乃懷青銅三百，信步至虞山書院。牆外仰矚，見叢樹交花，嬌紅稚綠，傍水依山，極饒幽趣，惜不得其門而入。問途以往，遇設篷瀹茗[305]者，就之，烹碧螺春，飲之極佳。

詢虞山何處最勝？一遊者曰：「從此出西關，近劍門，亦虞山最佳處也，君欲往，請為前導。」余欣然從之。出西門，循山腳，高低約數里，漸見山峰屹立，石作橫紋，至則一山中分，兩壁凹凸，高數十仞，近而仰視，勢將傾墮。其人曰：「相傳上有洞府，多仙景，惜無徑可登。」余興發，挽袖卷衣，猿攀而上，直造其巔。所謂洞府者，深僅丈許，上有石罅，洞然見天。俯首下視，腿軟欲墮。乃以腹面壁，依藤附蔓而下。其人嘆曰：「壯哉！遊興之豪，未見有如君者。」余口渴思飲，邀其人就野店[306]沽飲三杯。陽烏將落，未得遍遊，拾赭石十餘塊，懷之歸寓，負笈搭夜航至蘇，仍返錫山。此余愁苦中之快

[305] 瀹（ㄩㄝˋ）茗：煮茶。瀹，煮。
[306] 野店：指鄉村飯店、茶館。

遊也。嘉慶甲子春，痛遭先君之變，行將棄家遠遁，友人夏揖山挽留其家。秋八月，邀余同往東海永泰沙勘收花息。沙隸崇明，出劉河口，航海百餘里。新漲[307]初闢，尚無街市。茫茫蘆荻，絕少人煙，僅有同業丁氏倉庫數十椽，四面掘溝河，築堤栽柳繞於外。

丁字實初，家於崇，為一沙之首戶。司會計者姓王，俱豪爽好客，不拘禮節，與余乍見即同故交。宰豬為餉，傾甕為飲。令則拇戰，不知詩文；歌則號呶[308]，不講音律。酒酣，揮工人舞拳相撲為戲。蓄牯牛百餘頭，皆露宿堤上。養鵝為號，以防海盜。日則驅鷹犬獵於蘆叢沙渚間，所獲多飛禽。余亦從之馳逐，倦則臥。引至園田成熟處，每一字號圈築高堤，以防潮汛。堤中通有水竇，用閘啟閉，旱則漲潮時啟閘灌之，潦[309]則落潮時開閘洩之。佃人皆散處如列星，一呼俱集，稱業戶曰「產主」，唯唯聽命，樸誠可愛。而激之非義，則野橫過於狼虎；幸一言公平，率然拜服。風雨晦明，恍同太古。臥床外矚即睹洪濤，枕畔潮聲如鳴金鼓。

一夜，忽見數十里外有紅燈大如栲栳[310]，浮於海中，又見紅光燭天，勢同失火，實初曰：「此處起現神燈神火，不久又

[307] 新漲：指泥沙沉積成沙洲不久。

[308] 號呶（ㄋㄠˊ）：喧囂叫嚷。語出《詩經．小雅．賓之初筵》：「賓既醉止，載號載呶。」

[309] 潦（ㄌㄠˋ）：古同「澇」。雨水過多，水淹。

[310] 栲栳（ㄎㄠˇ ㄌㄠˇ）：用柳條或竹篾編成的盛放東西的容器。

將漲出沙田矣。」揖山興致素豪，至此益放。余更肆無忌憚，牛背狂歌，沙頭醉舞，隨其興之所至，真生平無拘之快遊也。事竣，十月始歸。

吾蘇虎丘之勝，余取後山之千頃雲一處，次則劍池而已，餘皆半借人工，且為脂粉所汙，已失山林本相。即新起之白公祠、塔影橋，不過留名雅耳。其冶坊濱，余戲改為「野芳濱」，更不過脂鄉粉隊，徒形其妖冶而已。其在城中最著名之獅子林，雖曰雲林手筆，且石質玲瓏，中多古木，然以大勢觀之，竟同亂堆煤渣，積以苔蘚，穿以蟻穴，全無山林氣勢。以余管窺所及，不知其妙。

靈岩山，為吳王館娃宮故址，上有西施洞、響屧廊、採香徑諸勝，而其勢散漫，曠無收束，不及天平、支硎之別饒幽趣。

鄧尉山一名元墓，西背太湖，東對錦峰，丹崖翠閣，望如圖畫。居人種梅為業，花開數十里，一望如積雪，故名「香雪海」。山之左有古柏四樹，名之曰「清、奇、古、怪」。清者，一株挺直，茂如翠蓋；奇者，臥地三曲，形同「之」字；古者，禿頂扁闊，半朽如掌；怪者，體似旋螺[311]，枝幹皆然。相傳漢以前物也。乙丑孟春，揖山尊人蒓薌先生偕其弟介石，率子姪四人，往幞山家祠春祭，兼掃祖墓，招余同往。順道先至靈岩山，出虎山橋，由費家河進香雪海觀梅，幞山祠宇即藏於香雪海中。

[311] 旋螺：螺的一種，其螺殼作迴旋狀。

時花正盛，咳吐[312]俱香，余曾為介石畫《幞山風木圖》十二冊。

是年九月，余從石琢堂殿撰赴四川重慶府之任，泝長江而上，舟抵皖城。皖山之麓，有元季[313]忠臣余公之墓，墓側有堂三楹，名曰「大觀亭」，面臨南湖，背倚潛山。亭在山脊，眺遠頗暢。旁有深廊，北窗洞開。時值霜葉初紅，爛如桃李。同遊者為蔣壽朋、蔡子琴。

南城外又有王氏園，其地長於東西，短於南北，蓋北緊背城，南則臨湖故也。既限於地，頗難位置，而觀其結構，作重臺疊館之法。重臺者，屋上作月臺為庭院，疊石栽花於上，使遊人不知腳下有屋。蓋上疊石者則下實，上庭院者則下虛，故花木仍得地氣而生也。疊館者，樓上作軒，軒上再作平台。上下盤折，重疊四層，且有小池，水不漏洩，竟莫測其何虛何實。其立腳[314]全用磚石為之，承重處仿照西洋立柱法。幸面對南湖，目無所阻，騁懷遊覽，勝於平園，真人工之奇絕者也。

武昌黃鶴樓在黃鵠磯上，後拖黃鵠山，俗呼為蛇山。樓有三層，畫棟飛簷，倚城屹峙，面臨漢江，與漢陽晴川閣相對。余與琢堂冒雪登焉，仰視長空，瓊花飛舞，遙指銀山玉樹，恍如身在瑤臺。江中往來小艇，縱橫掀播，如浪捲殘葉，名利之心至此一冷。壁間題詠甚多，不能記憶，但記楹對有云：「何時

[312] 咳吐：咳嗽，呼吸。
[313] 元季：元朝末年。
[314] 立腳：指根基，基礎。

黃鶴重來，且共倒金樽，澆洲渚千年芳草；但見白雲飛去，更誰吹玉笛，落江城五月梅花。」

黃州赤壁在府城漢川門外，屹立江濱，截然如壁，石皆絳色，故名焉。《水經》謂之赤鼻山，東坡遊此作二賦，指為吳、魏交兵處，則非也。壁下已成陸地，上有二賦亭。

是年仲冬抵荊州，琢堂得升潼關觀察之信，留余住荊州，余以未得見蜀中山水為悵。時琢堂入川，而哲嗣敦夫眷屬及蔡子琴、席芝堂俱留於荊州，居劉氏廢園。余記其廳額曰「紫藤紅樹山房」。庭階圍以石欄，鑿方池一畝，池中建一亭，有石橋通焉。亭後築土壘石，雜樹叢生，餘多曠地，樓閣俱傾頹矣。客中無事，或吟或嘯，或出遊，或聚談。歲暮雖資斧[315]不繼，而上下雍雍，典衣沽酒，且置鑼鼓敲之。每夜必酌，每酌必令，窘則四兩燒刀[316]，亦必大施觴政。

遇同鄉蔡姓者，蔡子琴與敘宗系，乃其族子也，倩其導遊名勝。至府學前之曲江樓，昔張九齡[317]為長史時，賦詩其上。朱子[318]亦有詩曰：「相思欲回首，但上曲江樓。」城上又有雄楚樓，五代時高氏所建。規模雄峻，極目可數百里。繞城傍水，盡植垂楊，小舟蕩槳往來，頗有畫意。荊州府署即關壯繆[319]帥

[315] 資斧：亦作「資鈇」，指貨財器用。

[316] 燒刀：又叫燒刀子，白乾酒。

[317] 張九齡：唐代著名詩人。曾任荊州長史。

[318] 朱子：宋代學者、理學家朱熹。

[319] 關壯繆：關羽，字雲長，卒後諡壯繆侯。下文中赤兔馬為其坐騎。

府，儀門內有青石斷馬槽，相傳即赤兔馬食槽也。訪羅含[320]宅於城西小湖上，不遇，又訪宋玉故宅於城北。昔庾信[321]遇侯景之亂，遁歸江陵，居宋玉故宅，繼改為酒家，今則不可復識矣。

是年大除，雪後極寒，獻歲發春，無賀年之擾，日唯燃紙炮、放紙鳶、紮紙燈以為樂。既而風傳花信[322]，雨濯春塵，琢堂諸姬攜其少女幼子順川流而下，敦夫乃重整行裝，合幫而走。由樊城登陸，直赴潼關。由河南閿鄉縣西出函谷關，有「紫氣東來」四字，即老子乘青牛所過之地[323]。兩山夾道，僅容二馬並行，約十里即潼關。左背峭壁，右臨黃河，關在山河之間，扼喉而起，重樓壘堆，極其雄峻。而車馬寂然，人煙亦稀。昌黎詩曰「日照潼關四扇開」[324]，殆亦言其冷落耶？

城中觀察之下，僅一別駕[325]。道署緊靠北城，後有園圃，橫長約三畝。東西鑿兩池，水從西南牆外而入，東流至兩池間，支分二道：一向南至大廚房，以供日用；一向東，入東池；

---

[320] 羅含：晉耒陽人，為桓溫所重，致仕後在荊州城西建屋而居，階前遍植蘭菊。

[321] 庾信：南北朝著名文學家。梁朝時任健康令，奉命出使西魏，被留長安。北周代魏，官至驃騎大將軍開府儀同三司。後卒於北方。侯景之亂中，曾奉命抵禦，兵敗後自建康奔至江陵，居於荊州。

[322] 風傳花信：意即春暖花開。花信，開花的消息。

[323] 老子乘青牛所過之地：相傳西元前四九一年，函谷關令尹看到東方紫氣騰騰，霞光萬丈，大呼：「紫氣東來，必有異人通過。」不久，老子李聃銀髮飄逸，氣宇軒昂，倒騎青牛出函谷關西濱隱居。

[324] 日照潼關四扇開：全詩為「荊山已去華山來，日出潼關四扇開。刺史莫辭迎候遠，相公親破蔡州回。」昌黎，唐代文學家韓愈，字退之，自稱「郡望昌黎」，世稱「韓昌黎」、「昌黎先生」。

[325] 觀察、別駕：皆官職名。清代尊稱道員為觀察。

一向北折西，由石螭[326]口中噴入西池，繞至西北，設閘洩瀉，由城腳轉北，穿竇而出，直下黃河，日夜環流，殊清人耳。竹樹蔭濃，仰不見天。西池中有亭，藕花繞左右。東有面南書室三間，庭有葡萄架，下設方石，可弈可飲，以外皆菊畦。西有面東軒屋三間，坐其中可聽流水聲。軒南有小門可通內室。軒北窗下另鑿小池，池之北有小廟，祀花神。園正中築三層樓一座，緊靠北城，高與城齊，俯視城外即黃河也。河之北，山如屏列，已屬山西界。真洋洋大觀也！

余居園南，屋如舟式。庭有土山，上有小亭，登之可覽園中之概，綠蔭四合，夏無暑氣。琢堂為余顏其齋曰「不繫之舟」。此余幕遊以來第一好居室也。土山之間，芸菊數十種，惜未及含葩，而琢堂調山左廉訪矣。眷屬移寓潼川書院，余亦隨往院中居焉。

琢堂先赴任，余與子琴、芝堂等無事，輒出遊。乘騎至華陰廟，過華封里，即堯時三祝[327]處。廟內多秦槐漢柏，大皆三四抱，有槐中抱柏而生者、柏中抱槐而生者。殿廷古碑甚多，內有陳希夷[328]書「福」、「壽」字。華山之腳有玉泉院，即希夷先生化形骨蛻處。有石洞如斗室，塑先生臥像於石床。其

---

[326] 石螭（ㄔ）：石頭雕的沒有角的龍。螭，無角之龍。

[327] 堯時三祝：上古時期華州人對堯帝的三個美好祝願。見《莊子外篇 · 天地篇》：「堯觀乎華。華封人曰：『嘻，聖人！請祝聖人。使聖人壽。』堯曰：『辭。』『使聖人富。』堯曰：『辭。』『使聖人多男子。』堯曰：『辭。』」

[328] 陳希夷：北宋著名道家學者、養生家陳摶，賜號「希夷先生」。相傳於華山成仙。

地水淨沙明，草多絳色，泉流甚急，修竹繞之。洞外一方亭，額曰「無憂亭」。旁有古樹三株，紋如裂炭，葉似槐而色深，不知其名。土人即呼曰「無憂樹」。太華[329]之高不知幾千仞，惜未能裹糧往登焉。歸途見林柿正黃，就馬上摘食之，土人呼止，弗聽，嚼之澀甚，急吐去。下騎覓泉漱口，始能言，土人大笑。蓋柿須摘下煮一沸，始去其澀，余不知也。

十月初，琢堂自山東專人來接眷屬。遂出潼關，由河南入魯。

山東濟南府城內，西有大明湖，其中有歷下亭、水香亭諸勝。夏月柳蔭濃處，菡萏[330]香來，載酒泛舟，極有幽趣。余冬日往視，但見衰柳寒煙，一水茫茫而已。趵突泉為濟南七十二泉之冠，泉分三眼，從地底怒湧突起，勢如勝沸。凡泉皆從上而下，此獨從下而上，亦一奇也。池上有樓，供呂祖[331]像，遊者多於此品茶焉。明年二月，余就館萊陽。至丁卯秋，琢堂降官翰林，余亦入都。所謂登州海市[332]，竟無從一見。

---

[329] 太華：即西嶽華山。

[330] 菡萏（ㄏㄢˋ ㄉㄢˋ）：荷花。

[331] 呂祖：即呂洞賓。

[332] 登州海市：登州的海市蜃樓，或指蘇軾描寫此景的詩篇〈登州海市〉。登州，今山東蓬萊、棲霞以東一帶。

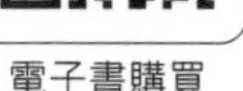
電子書購買

爽讀 APP

國家圖書館出版品預行編目資料

浮生六記：布衣菜飯，可樂終身 / [清] 沈復 著，彭劍斌 譯注 . -- 第一版 . -- 臺北市：崧燁文化事業有限公司 , 2024.05

面；　公分

POD 版

ISBN 978-626-394-277-6(平裝)

1.CST: 浮生六記 2.CST: 研究考訂

855　　　113005909

浮生六記：布衣菜飯，可樂終身

臉書

作　　者：[清] 沈復

譯　　注：彭劍斌

發 行 人：黃振庭

出 版 者：崧燁文化事業有限公司

發 行 者：崧燁文化事業有限公司

E-mail：sonbookservice@gmail.com

粉 絲 頁：https://www.facebook.com/sonbookss/

網　　址：https://sonbook.net/

地　　址：台北市中正區重慶南路一段六十一號八樓 815 室

Rm. 815, 8F., No.61, Sec. 1, Chongqing S. Rd., Zhongzheng Dist., Taipei City 100, Taiwan

電　　話：(02) 2370-3310　　　傳　　真：(02) 2388-1990

印　　刷：京峯數位服務有限公司

律師顧問：廣華律師事務所 張珮琦律師

定　　價：320 元

發行日期：2024 年 05 月第一版

◎本書以 POD 印製

Design Assets from Freepik.com